10 * ANOS *
SEGUINTE

UM PASSO
DE CADA VEZ

Também de Iris Figueiredo:

Céu sem estrelas
Pisando em nuvens (e-book)
"A Revolta dos Salgados", na coletânea *De repente adolescente*

IRIS FIGUEIREDO

UM PASSO DE CADA VEZ

O selo jovem da Companhia das Letras

O selo Seguinte pertence à Editora Schwarcz S.A.

Grafia atualizada segundo o Acordo Ortográfico da Língua Portuguesa de 1990, que entrou em vigor no Brasil em 2009.

A citação original utilizada nesta edição foi retirada de *Fale!*, de Laurie Halse Anderson (Trad. de Flávia Carneiro Anderson. 2. ed. Rio de Janeiro: Valentina, 2014).

CAPA Ale Kalko

ILUSTRAÇÃO DE CAPA Adams Carvalho

IMAGENS DE MIOLO Freepik

PREPARAÇÃO Sofia Soter

REVISÃO Adriana Bairrada e Luciane H. Gomide

Dados Internacionais de Catalogação na Publicação (CIP)
(Câmara Brasileira do Livro, SP, Brasil)

Figueiredo, Iris
Um passo de cada vez. — 1ª ed. — São Paulo : Seguinte, 2022.

ISBN 978-85-5534-226-4

1. Ficção brasileira I. Título.

22-126149 CDD-B869.3

Índice para catálogo sistemático:
1. Ficção : Literatura brasileira B869.3

Cibele Maria Dias – Bibliotecária – CRB-8/9427

[2022]

EDITORA SCHWARCZ S.A.
Rua Bandeira Paulista, 702, cj. 32
04532-002 — São Paulo — SP
Telefone: (11) 3707-3500
www.seguinte.com.br
contato@seguinte.com.br

Para o meu pai,
que me obrigou a criar um blog em 2009.

Neste livro, há debates sobre bullying, assédio e transtornos alimentares. Caso você se identifique com alguma situação vivida pelas personagens, separei alguns links que podem te ajudar:

Childhood Brasil
<childhood.org.br>

Respeitar é preciso
<respeitarepreciso.org.br>

Associação Brasileira de Transtornos Alimentares
<astralbr.org>

Para conhecer canais de denúncia de casos de assédio sexual, acesse:
<podeserabuso.org.br/canais-de-denuncia>

Você não está só. Espero que esta história te ajude a lembrar disso!

Quero ir embora, pedir transferência, me mandar daqui em velocidade de dobra espacial para outra galáxia. [...] Mesmo quando descarto a lembrança, ela continua comigo, me ferindo. O meu cubículo é um cantinho legal, um lugar tranquilo, que me ajuda a manter esses pensamentos dentro da minha mente, onde ninguém pode ouvi-los.

Laurie Halse Anderson, *Fale!*

APRESENTAÇÃO

Aos dezenove anos, em 2012, viajei de avião pela primeira vez, para a Bienal do Livro de São Paulo. Entre um evento e outro, conversando com uma amiga, comentei com ela sobre a ideia que eu tinha para a história da Mariana. Naquela mesma semana, comecei a escrever o livro que um ano depois seria lançado como *Confissões on-line*.

Aos 29 anos, em 2022, voltei para São Paulo mais uma vez, para outra Bienal do Livro. No meio da viagem, coloquei o ponto final em *Um passo de cada vez*. Dez anos separam a Iris que escreveu a primeira versão dessa história da Iris que escreveu o livro que você tem agora em mãos.

Quando a Editora Seguinte propôs o relançamento do *Confissões*, eu sabia que queria voltar a ele e fazer algumas alterações importantes. Deixá-lo de um jeito que fizesse jus à Iris do passado e à do presente. Este livro não é o mesmo que escrevi no final da adolescência — ainda bem! A essência permanece, mas quis que ele se transformasse em algo novo, único, e que honrasse o que aprendi ao longo dos anos como escritora. Sinto que essa é a história que eu quis contar desde o início, só não tinha ferramentas suficientes para fazê-lo.

Se essa é a primeira vez que você se depara com a história da Mariana, espero que goste! Se você leu a versão antiga, vai perceber que este é um livro bem diferente, mas que a Mari de antes continua aqui. Espero muito que essa história te abrace.

Assim como a Mari, nesses dez anos eu aprendi a respeitar meus processos e dar passos mais cautelosos, porém decisivos, em direção ao que acredito.

Obrigada por me acompanhar em mais um livro.

Boa leitura.
Beijos,

Lis

***SuperTeens* apresenta**

TURNÊ

Depois da tempestade

TEMPEST

Rio de Janeiro • Niterói • São Paulo • Campinas • Ribeirão Preto • Belo Horizonte • Uberlândia • Juiz de Fora • Vitória • Curitiba • Porto Alegre • Florianópolis • Campo Grande • Brasília • Goiânia • Recife • Caruaru • Campina Grande • João Pessoa • Salvador • Fortaleza • Manaus • Belém • Rio Branco • + Cidades em breve

Ingressos à venda a partir de 10 de junho em: **shows4you.com.br**

Apoio: SuperTeens | Realização: Shows4you

tempestabanda Fala, galera! Estamos animados em anunciar nossa primeira turnê. Dá pra acreditar? A gente já fez show por vários lugares desse Brasil, mas é a primeira vez que vamos ter uma turnê pra chamar de nossa. Essas são só as primeiras cidades confirmadas, mas pode ter certeza que virão mais datas e locais. Se a sua cidade ficou de fora, coloca aí nos comentários. A nossa tempestade vai varrer o Brasil. Bora?

♥ 129 mil pessoas curtiram 💬 750 comentários

ninasouto1 Olha aí, **@mariprudente**! Eles lembraram que Niterói existe!

mariprudente A gente vai! Não sei como, mas vai

gihtempestade quando vão liberar as datas?

Shows4you_sac As datas de cada apresentação já estão disponíveis no site da Shows4you.

1

O som de um trovão ecoou nos meus fones de ouvido. Olhei para o céu, por reflexo, à procura da chuva, mas era só o começo de "Tempestade", a música-título do novo álbum da minha banda preferida.

A voz suave do Deco contrastava com a bateria violenta do Saulo, que parecia mesmo incorporar raios e trovões. "Quando isso vai passar, não sei", cantava o vocalista, "mas a tempestade vai acabar". Desde o lançamento, aquela música tinha se transformado no meu escudo, e eu a escutava ao menos três vezes ao dia.

Minha irmã aproveitava toda oportunidade para zoar a voz dos meninos ou a "rima pobre" da letra, mas eu não me importava. Era a música do Tempest que me impedia de desmoronar. E eles aportariam a qualquer momento na minha cidade, com instrumentos a tiracolo.

Meu celular vibrou, anunciando uma nova mensagem. O nome de Carina, minha melhor amiga, apareceu na tela.

Eu não acredito!

Pois acredite! E a gente VAI

Tem que ver se minha mãe vai deixar

E se bater com alguma prova?

Eu reprovo, faço Enem de novo, sei lá

E óbvio que sua mãe vai deixar

A gente não perde essa por nada

Eu só quero ver os meninos ao vivo

O site da Shows4you não dava detalhes além da data no mês seguinte, mas era o suficiente para eu começar a me planejar. Finalmente teria a oportunidade de ver os meninos de perto — talvez até pegar uma das baquetas que o Saulo jogava para a plateia no final!

Preciso ir

Tenho que entrar pra aula

Beijo

Até mais

Bjs

Nina não visualizou a última mensagem. No início do ano, ela tinha sido matriculada em uma escola preparatória, que respirava vestibular das sete da manhã às sete da noite. A minha melhor amiga, que estudou comigo quase a vida inteira no Colégio São João, tinha começado a passar doze horas do dia no centro da cidade, em uma sala sem janelas e com ar-condicionado no talo, se preparando para o Enem. Eles tinham uma política de tolerância zero com celular — e Nina era certinha demais para tentar driblar a regra.

Eu, por outro lado, segui abandonada no temível colégio de freiras. Para ser justa, no começo do ano letivo, eu não imaginava que utilizaria o adjetivo "temível" para definir a escola. Apesar das imagens de São João em cada canto do colégio e das freiras observando todos os nossos passos, eu tinha me acostumado ao lugar. Eu achava, inclusive, que sentiria saudades dali.

Nada como o tempo para destruir todas as minhas certezas.

— Bom dia, Mariana — cumprimentou Jorge, o porteiro da escola.

Tirei os fones de ouvido e estendi a minha caderneta para ele.

— E aí, Jorginho? — perguntei, usando o apelido pelo qual todos os alunos o chamavam. — Como foi de recesso?

O rosto negro de Jorginho já tinha alguns vincos, e os fios brancos acusavam que ele já estava cansado demais para o trabalho. Era a última semana de julho e, apesar de ainda ser inverno, fazia calor. Niterói não tem grandes variações de temperatura. Ele usava camisa de botões e calça social. Só de olhar, senti minhas pernas pinicarem.

— Férias só pra vocês, né, minha filha — disse ele, pegando a caderneta e carimbando a minha presença.

— Quando vão trocar isso por carteirinhas magnéticas? — perguntei, me lembrando do colégio de Nina.

— Tomara que demorem, ainda preciso me aposentar — ele respondeu, com um sorriso.

Um aluno chegou apressado atrás de mim, então sorri para Jorginho e entrei logo, guardando a caderneta na mochila. Aquela provavelmente seria minha única interação com outro ser humano até a aula acabar.

Eu tinha passado os quinze dias anteriores fingindo que não me importava com a volta às aulas. No mundo ideal, o que acontecia comigo enquanto estava entre os muros da escola era algo à parte, sons que eu seria capaz de abafar se colocasse a música certa para tocar no intervalo, boatos que não me atingiriam se eu fizesse de conta que não existiam.

Ainda não tinha funcionado, mas não custava nada continuar tentando. Tentar era o que eu fazia de melhor.

No mundo real, era impossível permanecer alheia à atmosfera à minha volta. Para onde quer que eu olhasse, as pessoas se cumprimentavam como se não se vissem havia meses ou não tivessem trocado uma mensagem sequer durante as férias de julho. Era apenas o meu celular que tinha permanecido silencioso naquelas duas semanas, e, a cada gritinho empolgado de reencontro somado aos dois beijinhos na bochecha para se cumprimentar, meu coração ficava mais apertado.

Preciso ir embora daqui, pensei, mas não podia. Eu ainda tinha alguns meses pela frente — então nunca mais precisaria olhar para a cara de nenhuma daquelas pessoas.

Resignada, caminhei a passos lentos até a sala de aula, torcendo para que o relógio colaborasse e eu pudesse fugir dali o mais rápido possível.

* * *

O relógio não colaborou. Na verdade, eu mal conseguia me lembrar da última vez que o tempo tinha passado tão devagar.

Quando entrei na sala, não havia sinal do professor. Provavelmente ele tentava atravessar a horda de alunos e a distância que separava a sala dos professores da 3001. Ou seja, não havia adultos por perto quando Heloísa cruzou a porta acompanhada de suas novas fiéis escudeiras: Alba e Jéssica.

Não que um adulto fosse me livrar da fúria do olhar que recebi da minha ex-melhor amiga. Nem impedi-la de se sentar na cadeira vaga atrás de mim, só para me provocar. Mas talvez uma figura de autoridade a fizesse *calar a boca.*

— E aí, Carlinhos? — gritou ela, acenando para um menino do outro lado da sala, com suas pulseiras tilintando. — Ju, eu *amei* esse corte, ficou ótimo em você!

Ela falava alto e se comportava como uma candidata a vereadora, cumprimentando todo mundo como se isso fosse somar pontos à sua popularidade. Ou à versão da história que ela andava espalhando por aí.

A alegria que eu tinha sentido pouco antes, ao ler a notícia sobre o Tempest ao acordar, já estava se dissipando. Eu conhecia bem a sensação que me dominava, porque havia experimentado aquilo diversas vezes nos meses anteriores — parecia que a qualquer instante Heloísa diria algo sobre mim e a turma inteira cairia na gargalhada, os dedos apontados para mim.

Suspirei aliviada quando o professor entrou na sala e Heloísa interrompeu seu pequeno comício. Só que o tempo que ele levou para ajeitar os materiais, ligar o projetor e começar a aula foi o suficiente para que eu escutasse o que não queria.

— A gente foi pra Campos do Jordão com os pais dele — sussurrou Heloísa, alto o bastante para que eu ouvisse. — Foi lindo, *tão* romântico. A mãe do Cadu me a-do-ra, deixou a gente super à vontade.

— Nossa, e diziam que ela era uma bruxa, né? — comentou Alba, em tom de provocação.

— Cada um tem o tratamento que merece — rebateu Heloísa.

Não me virei para trás, mas senti a nuca arder. Podia jurar que ela tinha dito a última frase olhando diretamente para mim.

O professor bateu palmas, chamando a atenção da turma.

— Certo, pessoal, vamos parar de conversinha paralela — pediu. — O Enem tá quase na porta...

Eu me ajeitei na cadeira. Heloísa e as amigas ficaram em silêncio, deixando escapar um murmúrio ou outro, mas eu continuei desconfortável com a presença das três.

Heloísa tinha sido minha amiga por tantos anos que era quase impossível me lembrar de algum momento em que ela não tivesse feito parte da minha vida. A gente brincava de boneca, inventava jogos, viajava nas férias, usava aparelho dental na mesma época e até fazia aniversário em datas próximas.

Eu sempre considerei Heloísa uma irmã. Eu a amava tanto quanto amava Melissa — essa, sim, minha irmã de sangue —, talvez até mais, porque Heloísa eu tinha escolhido. Quando vim ao mundo, a Mel já estava nele. Heloísa, por outro lado, recebeu permissão para entrar na minha vida.

E se sentiu tão à vontade que achou que era um convite para dividirmos o mesmo namorado.

2

O Tempest lançou o segundo álbum no mesmo dia que o meu mundo desabou. Se eu tinha sobrevivido àqueles meses, a música era uma das principais responsáveis. Foi pensando neles que aturei três tempos de matemática com Heloísa atrás de mim, porque nem mesmo a possibilidade de ser apunhalada pelas costas — dessa vez, literalmente — me tirava a satisfação de saber que em poucas semanas eu veria minha banda favorita ao vivo.

Assim que o sinal tocou anunciando o fim das aulas, enfiei os fones de ouvido e corri para longe. Queria me afastar física e mentalmente do São João, o lugar que um dia considerei meu segundo lar.

Os boatos chegaram numa velocidade que eu não podia prever. Num dia, estava tudo bem; no outro, a maior parte dos meus colegas sequer me dirigia a palavra. Parecia inútil tentar explicar o que tinha acontecido, então eu me isolei e deixei o tempo passar — imaginando que em uma semana ou duas já seria fofoca velha, mas não foi o que aconteceu. Sabia que muita gente se perguntava o que o Cadu, que circulava em várias listas dos mais bonitos do colégio, fazia comigo. Eu não era burra: apesar de muito bem resolvida, eu reparava nos comentários que os outros faziam pelas costas. Muita gente implicava com o meu corpo, algo que eu sequer considerava um problema. Mas a única certeza que eu tinha era que eu ser gorda não servia de motivo para o que aconteceu. Meu peso não tinha a ver com a falta de caráter das pessoas. Uma série de eventos foi se desenrolando até transformar cada segundo que eu passava no colégio num martírio. Eu vivia contando os dias para o fim do ano letivo.

Até que o Tempest tinha me dado uma nova data para aguardar ansiosa, o que era muito melhor do que viver à espera de um fim: o show em Niterói.

Na esquina de casa, entrei num restaurante a quilo. Minha mãe tinha uma série de qualidades — era uma mãe carinhosa e uma excelente tradutora de livros, requisitada por várias editoras —, mas nunca teve o dom de cozinhar. O arroz dela era insosso e, caso se arriscasse a usar uma panela de pressão, era capaz de pôr fogo no apartamento. Suas grandes habilidades na cozinha resumiam-se a colocar comida para esquentar no micro-ondas ou ligar para a pizzaria. Por isso, nós vivíamos à base de comida congelada, delivery e self-service, o que nos tornava clientes VIP na pensão da esquina.

— Boa tarde, Mari — cumprimentou Miriam, dona da pensão.

Ela era uma mulher negra e magrinha, que tinha sempre um sorriso no rosto e olhos atentos aos clientes que entravam. Suas unhas eram curtinhas e os cabelos grisalhos viviam puxados para trás, cobertos por uma touca de cozinheira, que reforçava o quanto tudo na cozinha do Garfo & Faca era impecável.

— Hoje tem filezinho de peixe, sei que você adora — acrescentou.

O cardápio do Garfo & Faca tinha uma constância de dar inveja à concorrência. Segunda-feira era dia de filé de peixe, às terças tinha lasanha, quarta era dia de escondidinho, na quinta-feira não faltava o estrogonofe, e na sexta-feira, honrando a tradição do Rio de Janeiro, serviam feijoada. A comida de Miriam era uma delícia e o ambiente, acolhedor, mas às vezes eu me cansava de repetir o cardápio toda semana.

Naquela segunda, o Garfo & Faca estava mais lotado do que de costume. Engravatados se espremiam nas cadeiras de madeira, estudantes comiam rápido e conversavam entre si. Eu fiquei de pé, procurando um lugar para deixar a mochila enquanto buscava a comida.

— Vai se servir, menina — incentivou Miriam. — Depois você encontra uma mesa.

— De onde veio essa gente toda?

— Meu filezinho tá famoso na cidade inteira — brincou, arrancando de mim uma risada.

Segui a sugestão dela e peguei um prato (que logo tratei de encher com dois filés de peixe). Quando cheguei na balança, vasculhei o espaço à procura de um lugar.

Depois de tanto tempo almoçando no mesmo restaurante, tinha aprendido a decifrar cada tipo de cliente. De longe, dava para distinguir aqueles que estavam com pressa, os que comiam devagar e os que só sairiam da mesa quando o local fechasse as portas.

Identifiquei de longe um homem que parecia prestes a levantar. Equilibrando prato, talheres, um copo de guaravita e a mochila, cruzei o salão lotado para ocupar o lugar.

Tudo aconteceu em um intervalo de tempo muito curto: o homem se levantou, a cadeira ficou vazia, e eu estava prestes a apoiar meu prato quando outro se materializou sobre a mesa.

Olhei para cima e dei de cara com um garoto de pele marrom, barba rala e talvez uns dois anos a mais do que eu. Seu cabelo castanho era arrepiado e ele carregava um sorriso triunfante no rosto, porque tinha conseguido ocupar o último lugar disponível no Garfo & Faca.

— Eu ia sentar aí — reclamei, sentindo o prato prestes a escorregar.

— Desculpa, não vi — ele falou, ainda com aquele sorrisinho irritante no rosto.

Quando ele sorria, uma única covinha se formava do lado direito.

— Claro que viu! — rebati.

Era impossível não ter me visto de onde ele tinha vindo — eu, por outro lado, só percebi a presença dele tarde demais.

Ele se sentou e logo deu uma garfada, como se isso encerrasse a discussão. Permaneci de pé, ao lado da mesa, sem saber o que fazer.

Uma das mulheres sentadas à mesa arrastou a própria cadeira e disse:

— Já acabei, pode sentar aqui se quiser.

Ela pegou a bolsa e a comanda e seguiu em direção ao caixa. Ainda permaneci uns segundos parada, porque aquilo significava que teria que almoçar de frente para o garoto de covinha que tinha roubado o *meu* lugar.

Meu estômago roncou em protesto, sem tempo para picuinhas.

Apoiei o prato na mesa e me ajeitei na cadeira, pendurando a mochila no encosto. Remexi a comida algumas vezes antes de efetivamente começar a comer. Parte de mim esperava um pedido de desculpas do rapaz, por ter roubado meu lugar, mas ele continuou comendo como se nada tivesse acontecido.

Quando eu estava na terceira garfada, ele comentou:

— Esse peixe é bom, né?

Mastiguei rápido e engoli a comida de uma só vez, concordando com a cabeça.

— Eu amo a comida da dona Miriam — respondi, ainda levemente emburrada.

— Nunca tinha vindo aqui, sempre como no Talheres — comentou.

O Talheres ficava duas ruas atrás da minha e a comida era péssima.

— Nossa, coitado.

Para a minha surpresa, ele riu. O que acentuou ainda mais a bendita covinha. Era difícil me concentrar na raiva que eu estava sentindo quando aquele sorriso e aquela covinha o deixavam tão charmoso.

— A comida realmente não é das melhores — confessou. — Mas aceitam o vale-refeição do trabalho.

— A gente se sujeita a cada coisa por comida... — respondi. — Dependendo do dia, engulo até o arroz da minha mãe.

— É tão ruim assim?

— Digamos que seja pau a pau com a comida do Talheres.

— Ah, para. A comida deles é comestível, vai.

— É... Já a da minha mãe não dá para engolir.

— Você tá exagerando.

— A minha mãe queima *pipoca de micro-ondas.*

Ele tinha acabado de dar uma garfada, mas riu tanto que quase engasgou.

— Eu gosto de cozinhar — ele disse. — Mas não sou nenhum chef de cozinha, só sei me virar.

— Eu também sei — respondi na defensiva. — Ninguém faz miojo melhor do que eu.

Ele se manteve sério.

— Duvido que o seu miojo seja tão bom assim — comentou —, porque eu sou o campeão nacional do concurso de miojos.

Nós nos encaramos por uns instantes, segurando a vontade de rir. Desde que a escola inteira tinha se virado contra mim, era raro eu trocar mais do que meia dúzia de palavras com alguém de uma idade próxima à minha — tirando a Nina, mas ela não contava, porque, como minha melhor amiga, tinha a obrigação de conversar comigo. Às vezes eu me perguntava se ainda sabia *falar* com alguém fora do meu núcleo familiar.

Aparentemente, sim.

Estava prestes a dar uma resposta espertinha quando algo me chamou atenção.

Ele vestia uma camisa polo preta, mas era um uniforme. No peito, havia um bordado discreto, em cinza-claro. *Lore*. Era uma casa de shows. A maioria dos fãs do Tempest achava que o show de Niterói seria lá.

Não era possível!

Larguei os talheres no prato e perguntei, quase exasperada:

— Você trabalha na Lore?

Ele esbugalhou os olhos, assustado. Engolindo em seco, respondeu:

— Como você sabe?

— A blusa — respondi, apontando para o logotipo com o queixo.

Ele suspirou, aliviado ao perceber que eu não era nenhuma perseguidora que já tinha arrumado um jeito de descobrir onde ele trabalhava.

— Ah.

— Posso te fazer uma pergunta?

— Pode — ele disse, erguendo uma sobrancelha.

Eu sempre quis aprender a fazer aquilo com a sobrancelha.

— Ainda não tem nada divulgado oficialmente, mas ouvi dizer que o show do Tempest vai ser na Lore e…

— Ah, é. Vai ter um show deles no próximo mês — ele contou, antes mesmo que eu concluísse a pergunta. — Os ingressos começam a ser vendidos semana que vem. Mas não diz pra ninguém que eu te contei, tá? — completou, dando uma piscadinha, como se tivesse acabado de lembrar que não deveria estar dando aquelas informações para uma completa desconhecida.

Eu sorri, triunfante. *Ninguém* não incluía a Nina, óbvio. Eu precisava contar para ela.

— Minha boca é um túmulo — respondi, passando um zíper invisível no lábio. — Obrigada…?

Deixei a palavra no ar, esperando que ele dissesse o nome. Ele acabou de mastigar a comida e deixou os talheres no prato.

— Não sei se confio em você.

— Não pareço confiável?

— As aparências enganam.

— Então você não vai me dizer seu nome?

— Quem me garante que você não vai postar o que acabei de te dizer no FANDOM.COM assim que eu virar as costas? — perguntou.

Eu vivia mesmo mergulhada no FANDOM.COM, a rede social que todo mundo que era fã de alguma coisa usava para se comunicar.

— Talvez a gente se esbarre por aí — prosseguiu. — E aí, se a informação não vazar até lá, vou saber que você é confiável e te digo meu nome. Preciso preservar a minha identidade.

— Eu sei a importância de preservar as fontes, minha irmã é jornalista — respondi.

— Pior ainda — disse ele. — Vai que você deixa escapar e a sua irmã solta a bomba na imprensa?

Por um segundo, imaginei Melissa dando um furo de reportagem sobre o show de uma banda alternativa paulistana na cidade de Niterói. Não me parecia uma pauta tão urgente assim.

— Certo, você venceu. Mas vou te deixar sem saber meu nome também — respondi.

— É bom que a gente tem um mistério para resolver até nos esbarrarmos por aí de novo — disse ele. — Se você vem bastante aqui e a comida é melhor que a do Talher, talvez eu comece a andar um pouco mais para almoçar.

Ao dizer isso, ele fez um aceno, deu meia-volta e se dirigiu ao caixa.

Eu fiquei ali parada, a comida à minha frente esfriando, pensando naquela covinha.

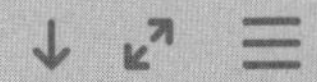

FANDOM.COM

Início › Fóruns › Artistas brasileiros › Tempest

Turnê Tempestade › SHOW EM NITERÓI/RJ

@ana_tempestade Tópico para compartilharmos informações sobre o show em Niterói. Vou reunir as infos que temos até agora. Quem souber de mais coisas pode compartilhar nos comentários!

- **Local:** Lore. Essa informação foi confirmada pela @tempestgirl, que ligou pra casa de shows assim que saiu o anúncio.
- **Datas:** 27 de agosto, única informação oficial.
- **Valor dos ingressos:** Em outras cidades, os ingressos têm sido vendidos a partir de R$ 70 (inteira). A gente não sabe quanto será por aqui, mas deve seguir o mesmo padrão. O que dá pra saber é que a Lore só tem pista e camarote. Talvez eles dividam em pista premium e comum, mas não acho que tenha espaço suficiente pra isso.
- **Início das vendas:** Quinta-feira, 5 de agosto, começam as vendas em outras cidades, então deve começar em Niterói também. Sei que é pouco tempo pra juntar dinheiro, mas é a melhor ideia que temos até o momento.

Se você souber de mais alguma coisa, comenta aqui. Nos vemos no show!

@tempestgirl Eu liguei pra Lore, mas não quiseram dar nenhuma informação sobre preços nem nada! Acho que o jeito é esperar a divulgação oficial.

↳ *@liz145* tô nervosa com essa venda tão em cima da hora! no site do local não tem *nada* sobre o show.

↳ *@tempestgirl* Também tô, @liz145, mas a gente tem que torcer pra dar tudo certo! Já avisei minha mãe que eles vêm esse mês.

@clahtempest vcs que vão ver o Tempest na própria cidade são sortudos. aproveitem por nós que não temos ideia de quando vamos ver os meninos!

@esposadodeco Eu vou morrer até ter mais notícias desse show. Só acredito quando tiver olhando pra carinha do Deco cantando "Nossos sinais".

3

Desde que soube que o Tempest se apresentaria na minha cidade, não conseguia me concentrar em mais nada. Ainda não fazia ideia de quando começariam a vender os ingressos, mas isso não era um empecilho. Eu punha as músicas para tocar do momento em que acordava à hora que ia dormir, já tinha escolhido a roupa que usaria e elaborado planos infalíveis para entrar no camarim e tascar um beijo na bochecha do Saulo, o baterista.

Talvez eu estivesse empolgada um pouquinho além da conta.

Nina seria a única pessoa capaz de entender a minha ansiedade, mas nos últimos dias tudo o que ela fazia era acordar, estudar, almoçar, estudar, voltar para casa, estudar, dormir e repetir esse ciclo infinitamente. Eu abria o FANDOM.COM toda hora à procura de novidades, mas não havia nenhuma notícia além do que o cara da covinha tinha me dito no Garfo & Faca dias antes.

Ler as teorias e comentar no FANDOM.COM já não era o suficiente. Eu precisava *falar.*

Precisava compartilhar minha ansiedade com alguém. Precisava dividir aquele frio na barriga, a dúvida se conseguiria ou não garantir o ingresso, a empolgação pela espera, qual canção de outro artista eles elegeriam como a música especial do show em Niterói e todas as outras perguntas que surgiam dentro de mim à medida que a semana avançava.

E o único lugar em que poderia falar em voz alta no momento era a internet.

Abri a gaveta à procura de algo que pudesse usar como suporte para o celular. Empilhei uns livros, encostei o aparelho contra um porta-lápis e ajeitei a bagunça atrás de mim. A luz estava um pouco esquisita, então acendi a luminária que usava para estudar e me ajeitei na cadeira.

Toquei no ícone de gravar e vi os segundos começarem a correr.

— Er... oi! Eu sou a Mari.

Pisquei, respirei fundo e resolvi recomeçar.

— Oi, pessoal, meu nome é Mariana e sou nova nesse negócio de gravar vídeos, então tenham paciência.

Levei uns segundos pensando no que diria em seguida. Olhei para o celular e imaginei que estava conversando com a Nina.

— Acho que todo mundo já teve um momento da vida meio esquisito. Eu estou vivendo esse momento. Tudo parece meio fora do lugar, sabe? Só que tem uma coisa que está sempre lá: as músicas da minha banda favorita.

Fiz uma pausa. Será que estava bom o suficiente?

— Acho que todo mundo corre pra algum lugar quando quer fugir daquilo que faz mal. Pra mim, esse lugar foi o *Abajur*, o primeiro álbum do Tempest. Eu conheci eles no final do ano passado, logo depois do lançamento. "Nossos sinais" caiu no aleatório e eu amei. Eu adoro a sensação de tropeçar numa música, encontrar as palavras certas meio sem querer, a melodia perfeita pra expressar aquilo que não consigo colocar em palavras. Foi assim que me apaixonei pelo Tempest, meio por acaso, num tropeço. E depois disso, caí num buraco.

"Eu não sei gostar de nada pela metade. No final do primeiro dia, já sabia o signo de todo mundo da banda, tinha planejado meu casamento com o Saulo e decorado cada letra de trás pra frente. Na primeira semana, talvez eu já tivesse encontrado a casa de cada um deles no Google Maps. Não vou confirmar nem negar. Quando a minha vida começou a dar errado, o Tempest já era a minha trilha sonora. Mas então ganhou um significado ainda mais especial."

Engoli a saliva, medindo bem as próximas palavras. O silêncio foi longo o suficiente para que eu pensasse, ainda enquanto gravava, que precisaria cortar aquele trecho na hora de editar o vídeo.

— Eles lançaram *Tempestade* na hora que eu mais precisava. E agora a turnê vai passar pela minha cidade! Esse álbum foi muito importante pra mim, porque traduziu uma série de sentimentos que eu tinha e me fez companhia quando não podia contar com mais ninguém.

De repente, me vi desabafando para a câmera do celular. Falei sobre música, sobre a importância de sentir que existe alguém no mundo que te entende e como cada acorde de cada música me servia de companhia quando eu achava que nada tinha solução. Quando eu me sentia mais sozinha, a música estava lá.

Cada palavra saiu em tom de confissão, como se eu estivesse conversando com uma grande amiga sobre o que aquelas letras representavam para mim.

Eu tinha a sensação esquisita de que falava sozinha e batia papo com alguém ao mesmo tempo. Eu sentia saudade de conversar com qualquer um que não fosse da minha família ou não tivesse todos os horários comprometidos por causa do vestibular. Eu só queria falar um pouco da minha vida, das coisas que eu amava.

— Às vezes, só queremos ter a sensação de que alguém entende a gente — falei. — E a música do Tempest me fez sentir que eu era compreendida, que eu pertencia a algum lugar, e isso quando eu mais precisei. Pode ser que as pessoas achem graça dessa paixão que eu tenho ou não entendam a importância da banda pra mim, mas não me importo. Quando eles vierem à minha cidade, eu vou me espremer na grade, tentar pegar a paleta do Feijó e cantar a plenos pulmões. É o meu jeito de dizer "obrigada" a cada um deles.

Revi o vídeo duas vezes antes de abrir o aplicativo de edições do celular. Eu estava meio travada, um pouco insegura. Nunca tinha feito nada parecido antes, embora já tivesse assistido a vários vídeos do tipo.

Coloquei uma transição divertida, cortei os trechos em que parava para respirar e me permiti umas gracinhas na edição — dei zoom quando fiz uma expressão engraçada, mudei o timbre da voz ao imitar meu gritinho de fã e acrescentei uma música animada de fundo, para não ficar tão seco. Provavelmente ninguém assistiria àquilo, mas me diverti deixando o vídeo mais parecido com aqueles que eu gostava de ver.

Enquanto o vídeo exportava, ouvi duas batidinhas na porta.

— Licença, maninha — disse Melissa, usando o diminutivo só para implicar. — Eu pedi pizza, você quer?

Larguei o celular e dei um sorriso.

— Isso lá é pergunta que se faça?

* * *

Estávamos sozinhas em casa — meu pai ainda não tinha voltado do trabalho e minha mãe tinha saído para resolver sei lá o quê. Melissa segurou uma fatia de pizza de calabresa, com muito queijo, e deu uma mordida.

— Me passa o ketchup — pediu, com a boca cheia.

— Mastiga antes de falar — resmunguei, mas passei o ketchup mesmo assim.

Estávamos sentadas assistindo a um reality show de casamentos, o único conteúdo que a minha irmã consumia no tempo livre.

— Não tem outra coisa pra gente ver? — perguntei, fazendo uma careta enquanto a noiva gritava porque a madrinha estava usando o tom errado de rosa.

"É rosé, não rosa antigo", disse a mulher na tela, segurando dois pedaços de pano que no vídeo tinham a mesma cor, mas aparentemente eram diferentes o suficiente para arruinar o casamento dela.

— Coitada — comentou Melissa, solidária. — As duas cores são *super*diferentes, vai destoar muito no altar.

Eu arregalei os olhos, surpresa. Meses atrás, ela não saberia identificar marsala em uma paleta de cores mesmo que tivesse uma arma apontada para a própria cabeça, mas tinha passado a se solidarizar com a noiva que estava prestes a cair em lágrimas porque a madrinha não sabia a diferença entre dois tons quase idênticos de rosa.

— Por que você tá obcecada com esses programas?

Melissa deu um suspiro e se jogou no sofá. Ela namorava fazia pouco mais de dois anos, mas conhecia o namorado desde criança. Demorou muito até os dois se darem conta do que todo mundo sempre soube — que eles nasceram um para o outro —, mas ainda havia um longo caminho até os dois subirem ao altar.

Ao menos, era o que eu esperava.

— Ah, eu gosto de ver e ficar sonhando, pensar em como vai ser quando chegar a minha vez.

— Mel, eu não quero nem chegar perto quando for a sua vez — anunciei.

Ela estava no final da faculdade e minha mãe pagava religiosamente as prestações da formatura. Se ela já estava surtando com uma festa que nem era dela, sobre a qual não tinha nenhum poder de decisão, imagina quando se casasse?

A formatura da Mel seria apenas no início do ano seguinte. Ela precisava atravessar o último semestre, concluir o TCC e finalmente conquistar o sonhado diploma. Isso era o de menos — ela estava muito mais preocupada com a festa de milhares de reais com direito a música ao vivo, atrações, bateria de escola de samba, sei lá quantos bares e tudo o que entrava na conta de uma formatura incrível. Seriam dias de comemoração, com culto ecumênico, churrasco dos formandos, colação e a tão sonhada festa. Melissa já tinha feito a família inteira escolher as roupas para cada uma das ocasiões, agendado profissionais de beleza, e estava pra lá de animada, como se o evento fosse no dia seguinte, não em seis meses. A gente precisaria de um tempo para se recuperar do trauma coletivo da formatura antes de ela sequer começar a pensar em casamento.

— Você não tem escapatória, vai ter que me ajudar na organização do casamento. E já pode começar a se preparar, porque acho que não demoro muito pra casar, hein. Quero que você caiba num vestido bem bonito e...

Melissa cobriu a própria boca assim que falou. Eu a fuzilei com o olhar e, antes que ela pudesse dizer mais uma besteira, emendei:

— É o vestido que tem que caber em mim, não eu nele.

Ela se aproximou, pedindo um abraço.

— Eu sei, eu sei! Me perdoa, falei sem pensar — disse, parecendo genuinamente chateada por ter dito aquilo.

Eu suspirei. De todos os comentários do tipo, os que vinham da minha família eram os que me magoavam mais. Minha irmã sempre foi magra, eu não. Para mim, era só mais uma característica do meu corpo, mas, com a desculpa de que era para o meu bem, minha família sempre tinha algo negativo a dizer. Àquela altura, eu já estava acostumada, mas não menos cansada.

— Mas tem que pensar, né, Mel. Tá falando igual a mamãe — resmunguei.

— A gente só quer seu bem.

Eu fiquei em silêncio. O meu bem não era um número na balança, mas sim ter apoio da minha família em um dos momentos mais sensíveis da vida. Mas eu não me sentia vista, eles não pareciam dispostos a me ouvir. Quando terminei com o Cadu, ninguém pareceu se surpreender — nós dois tínhamos namorado por muitos anos, mas parecia que a minha família simplesmente achava que a gente estava fadado ao fracasso, ninguém fez muitas perguntas.

Por mais que tentasse fingir que aquele comportamento não me incomodava, eu acabava me comparando à minha irmã. Antes de namorar o Mateus, Melissa se enfiava nos mais variados relacionamentos e sempre fazia tempestade em copo d'água quando terminava — e minha mãe sempre estava a postos para controlar os danos e secar as lágrimas dela.

Às vezes, eu me sentia sozinha.

Fiz cara feia para Melissa e ela se tocou.

— Desculpa, só falo besteira — ela disse, e eu continuei em silêncio. — Você é linda, não precisa mudar nada.

Eu assenti, mas um silêncio incômodo recaiu sobre nós. Nossa companhia era o reality show ruim e, mesmo sem querer, fiquei pensando se algo seria diferente caso eu fosse magra.

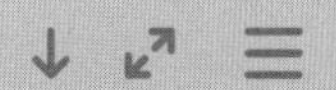

FANDOM.COM

Início › Fóruns › Artistas brasileiros › Tempest

Divulgação › VÍDEOS DE FÃS

@marinando Tenho muita vergonha de comentar, mas estou sempre lendo o que vocês postam! Obrigada por todas as atualizações, é pra onde eu corro sempre que quero uma novidade do Tempest. Eu gravei um vídeo falando da minha história com a banda, se alguém quiser assistir, é só clicar aqui.

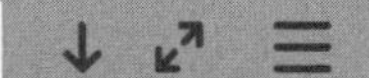

180 visualizações

21

Comentários

gihtempestade: Mari, eu vi seu vídeo no fandom.com! amei, me identifico mto com o que vc disse. as músicas do Tempest tb são um refúgio pra mim.

> **marinando respondeu:** Nossa, obrigada pelo comentário! Qual sua música favorita deles?

ninasouto1: Amiga, adorei o vídeo!

> **marinando respondeu**: Mal posso esperar pelo show!

4

— Não, não, não — respondeu minha mãe, determinada.

— O que custa, mãe?

— Oscar, fala pra ela que eu *não vou ceder* — disse, virando--se para o meu pai, que estava distraído assistindo a uma partida de tênis na televisão.

— Você ouviu sua mãe, Mariana — replicou com a resposta padrão, sem desviar os olhos da bolinha que voava de um lado para o outro da quadra.

— Você nem escutou o que a gente tá falando — reclamei.

Ele continuou atento ao jogo de tênis, alheio à conversa. Eu amava meu pai, mas boa parte do tempo ele gastava daquele jeito: fora de órbita, preso ao próprio universo.

Minha mãe suspirou, cansada.

— Você pode resolver isso pela internet — disse ela.

— Mas é capaz de esgotar!

As vendas de ingresso do Tempest tinham sido anunciadas naquela tarde. Nem mesmo Nina conseguiu se conter — se escondeu no banheiro do colégio e me ligou para gritar.

— E qual a diferença entre comprar pelo site e comprar na bilheteria? Pode esgotar do mesmo jeito, com a diferença de que você vai perder aula e pegar sol na cabeça — argumentou minha mãe.

— É que tem ingressos reservados pro site e outros pra bilheteria — expliquei. — O site pode congestionar...

— ... a fila pode estar dando voltas na rua... — rebateu.

Suspirei. Ela não estava disposta a ceder.

Comprar o ingresso do Tempest na bilheteria era parte da experiência. Eu queria colocar as mãos no pedaço de papel e visualizar cada segundo do show, imaginar a emoção que sentiria assim que as luzes se apagassem e a multidão começasse a gritar.

Eu estava emocionada.

Segui minha mãe até a área de serviço. Ela começou a tirar as roupas do varal, me ignorando — ou melhor, jogando as peças nos meus braços.

— Pega essa disposição toda e usa pra guardar essas roupas — ela disse. — E o ingresso você compra pela internet.

— Mas eu não tenho cartão — insisti. — Na bilheteria posso pagar em dinheiro.

Aquele era o golpe final. A minha mãe *nunca* me emprestava o cartão, por mais que eu fizesse drama. Toda habilidade de organização de Marta Prudente estava concentrada na fatura do cartão de crédito, totalmente controlada.

Ela tirou mais uma camiseta do varal, bateu as mãos nas pernas como se espantasse poeira e gritou:

— OSCAR!

Eu me encolhi com o som agudo.

— QUE FOI? — gritou meu pai em resposta.

Minha mãe andou até a sala e fui atrás, carregando a pilha de roupas que precisava guardar no armário.

— A Mariana vai precisar do seu cartão — disse.

— Do meu cartão? Pra que ela precisa do meu cartão?

— Tem um ingresso que ela quer comprar on-line e vai precisar de cartão de crédito — explicou.

— Você sabe que eu não gosto de colocar meu cartão na internet — respondeu meu pai.

Uns anos antes, clonaram o cartão dele, o que o deixou extremamente paranoico com tudo envolvendo aquele pedacinho de plástico. Ele provavelmente nunca tinha feito sequer uma compra na internet.

— É seguro — garantiu ela.

— Então empresta o seu, ué — falou.

Um dos tenistas na televisão soltou um gemido de derrota — era impressionante como tenistas gemiam — e meu pai voltou o olhar para a TV.

— Não acredito que perdi essa jogada — resmungou, como se eu e minha mãe não estivéssemos ao seu lado.

— E aí, Oscar? Vai emprestar o cartão?

— Pra comprar coisa na internet eu não empresto — disse, sem desviar os olhos do aparelho. — Se for na bilheteria, pode pegar.

Segurei um sorriso e senti a minha mãe murchar atrás de mim.

— Quando começam as vendas? — perguntou ela.

— Quinta!

— Vou pensar no seu caso — respondeu.

Ela voltou para a área de serviço e entendi que a conversa estava encerrada. Acompanhada da pilha de roupas, segui para o quarto.

Eu não ia ficar de braços cruzados, à mercê da bondade da minha mãe. Eu ia arquitetar meu próprio plano para retirar os ingressos presencialmente. Era parte da experiência.

* * *

— Essa é uma das piores ideias que você já teve, e olha que você sempre tem ideias horríveis — disse Nina, horas mais tarde, por chamada de vídeo.

— É uma ótima ideia — falei. — Mamãe nem vai desconfiar. Se eu disser que você vai comprar os nossos ingressos com o cartão da sua mãe, ela vai ficar mais tranquila e, ainda por cima, nem vai passar pela cabeça dela que a gente *vai* até a bilheteria comprar.

Era o plano perfeito: eu diria para a minha mãe que Patrícia, mãe da Nina, emprestaria o cartão. Assim, dona Marta ficaria tranquila e acreditaria que a história dos ingressos estava resolvida. Nina diria à Patrícia que *a minha mãe* estava disposta a colocar dinheiro de plástico na mão de duas adolescentes loucas para cantarem ao som de sua banda favorita.

Enquanto isso, nós duas sairíamos de casa bem cedo na quinta-feira de manhã e iríamos para a porta da Lore comprar os nossos ingressos escondidas, de posse das minhas economias.

— A gente precisa *mesmo* comprar na bilheteria? Eu não tenho paciência pra fila.

— A gente vai pegar fila no dia do show — lembrei. — E faz parte da experiência. Você prefere um ingresso bonito com marca d'água ou um ingresso que você precisou imprimir em casa?

— Eu prefiro qualquer ingresso — disse ela, com toda sua praticidade. — E não confio no seu plano, porque a gente pode ficar *sem* ingresso. E se a fila estiver enorme? E se eles venderem todos de madrugada pelo site? O show é poucos dias depois do meu aniversário, Mari, eu não quero perder.

— A fila não vai estar enorme, a fila *virtual* é que vai estar um inferno! E eles vão vender ingressos on-line pra *todos* os shows no mesmo site, então imagina quanta gente vai tentar acessar ao mesmo tempo? Mas na bilheteria quase ninguém vai, né?

— Pois é, porque inventaram uma coisa ótima chamada *internet*.

Eu me joguei na cama, tentando achar a posição mais confortável para segurar o celular.

— Nina, relaxa. Você vai ter o seu ingresso e o melhor aniversário de todos. Além disso, o que a gente fez esse ano?

— Estudou. Chorou — disse ela, e fez uma pausa. — Eu estudei mais, você chorou mais.

— A gente merece esse mimo — falei. — Por favor, Nina! É nosso último ano na escola, sei lá o que vai acontecer ano que vem...

A minha voz vacilou. O principal objetivo da Carina era ser aprovada na Fuvest. Talvez no ano seguinte a minha melhor amiga fosse morar em outro estado.

— Pode ser que você nem fique por aqui! — insisti. — Faz isso por mim, por favor. Pela gente.

Um longo silêncio foi seguido por um suspiro derrotado.

— Tá bem, eu faço.

— Você não vai se arrepender — respondi, animada, enquanto começava a dissecar os detalhes do nosso plano.

SuperTeens

#Perfil

O SOM DA TEMPESTADE: CONHEÇA OS INTEGRANTES DO TEMPEST

DECO, 21 ANOS, VOCALISTA E GUITARRISTA

Muita gente se apaixona pelos olhos verdes e pele escura do vocalista da banda, mas Deco é muito mais que um rostinho bonito e uma voz aveludada. “Aprendi a tocar guitarra ainda moleque, mas sempre como uma brincadeira.” A brincadeira ficou séria e hoje, além de cantar e tocar guitarra na banda, ele também participa das composições. Será que sobra tempo para fazer outras coisas? “A vida anda muito corrida, mas quando tô de boa em casa eu curto jogar videogame, reunir os amigos pra fazer um som e sair pra comer. Eu amo comer, mas não sou de cozinhar, não! Isso é coisa do Saulo.”

TONI, 22 ANOS, VOCALISTA E TECLADISTA

O mais tímido entre os quatro perde toda a vergonha quando sobe no palco e solta a voz. “Eu não gosto muito de holofotes, mas amo música. Quando tô lá em cima, tocando e cantando, parece que estou em outro mundo.” Fora dos palcos, Toni fala pouco da sua intimidade. Ele está num relacionamento sério desde a adolescência, mas é raro ser visto em público com a namorada. “Gosto de privacidade. A música é o que escolhi dividir. Não minha vida pessoal”, diz ele, para tristeza dos fãs que gostariam de conhecer um pouco mais do rapaz.

SAULO, 22 ANOS, BATERISTA
Ele passa a maior parte do tempo escondido atrás dos pratos — tanto da bateria quanto da cozinha! “Minha mãe me colocou pra fazer aula de bateria porque eu era muito agitado”, conta. E o hobby de cozinheiro? “Ela trabalhava o dia inteiro e, como éramos só nós dois, eu tinha que me virar. Um dia cansei de comer arroz com ovo e comecei a aprender a cozinhar pela internet.” Embora leve a fama de festeiro do grupo, Saulo confessa que, depois que a banda começou a fazer sucesso, prefere ficar em casa. “Cada minuto de descanso conta.” Ao dizer isso, lança um sorriso que enlouqueceria qualquer fã apaixonada pelo dono dos cachinhos mais cobiçados do país.

FEIJÓ, 21 ANOS, BAIXISTA
O mais alto do quarteto conquista a todos com seu sorriso moleque e seu jeito leve de viver. Vegetariano, Feijó costuma subir no palco vestindo camisas em defesa dos animais. Que atire a primeira pedra quem nunca pensou em deixar de comer carne ao se deparar com uma publicação dele nas redes sociais! “Eu gosto de usar minha voz para o que importa”, diz o baixista, dono de quatro cachorros e embaixador de uma ong de adoção de animais. No tempo vago, ele gosta de viajar, curtir festas e aproveitar as folgas da melhor forma.

5

Na manhã seguinte, uma porcentagem considerável dos alunos do São João estava falando dos ingressos para o show do Tempest. Não que alguém quisesse escutar o que eu tinha a dizer, mas entreouvi os burburinhos na sala de aula e nos corredores. Era a pauta do dia, o que para mim era ótimo: ao menos até o sinal tocar, não estariam fofocando sobre a minha vida.

O mais difícil era não me enfiar nas conversas. À minha volta, todo mundo estava discutindo as músicas da minha banda favorita, comentando quais eram os seus integrantes preferidos e fazendo planos para o show, enquanto eu parecia apenas uma espectadora intrusa.

Eu estava prestando atenção na conversa de duas meninas, que folheavam um exemplar especial da *SuperTeens* dedicado ao Tempest. Era uma daquelas edições extras, que não entravam no calendário quinzenal da revista: vinha com pôster, entrevistas exclusivas, letras das músicas, ensaios fotográficos... Eu tinha um exemplar em casa. A entrevista do Saulo era perfeita. Queria tanto fazer parte daquela conversa...

— Mari? — uma voz masculina me fez pular.

Quando me virei, dei de cara com Bernardo Campanatti, da 3002, um dos rostinhos mais bonitos do Colégio São João e integrante da comissão de formatura.

Como não respondi, ele foi logo emendando o assunto:

— Seguinte... eu queria conversar com você sobre a formatura.

Comecei a andar devagar e Bernardo me acompanhou. Uma das milhares de imagens de São João espalhadas pelo pátio nos encarava.

— Sou toda ouvidos.

— Vi que o seu nome não está mais na lista...

Ele deixou a frase suspensa no ar, pairando.

— Eu desisti de participar — respondi. — Muito gasto de dinheiro.

Acelerei um pouco o passo. Desde a volta às aulas, eu só tinha trocado palavras com professores e funcionários da escola. Chegava a ser estranho outro ser humano da minha idade conversar comigo naquele ambiente.

Bernardo parou bruscamente, me obrigando a me virar para ele.

— Eu entendo você deixar a comissão de formatura — começou, e revirei os olhos. — Disse que *entendo*, não que eu concordo.

— Você sabe o que ia acontecer...

— Eles iam se cansar de falar — disse ele.

— Não iam — respondi. — Se fosse assim, ninguém estaria me olhando desse jeito até agora — completei, apontando com o queixo para duas meninas que cochichavam e olhavam para nós dois.

Bernardo lançou um olhar feio para as duas, que tentaram disfarçar.

— Elas não são as únicas — acrescentei.

— Eu sei, mas isso importa?

— Pra você, que não tem nada a ver com isso, não importa. Pra mim? Óbvio.

Ele recuou e percebi que tinha soado mais defensiva do que pretendia, mas estava cansada de viver o tempo inteiro com um letreiro acima da cabeça no qual piscavam ofensas de "piranha" pra baixo.

— Olha, Bernardo, eu sei que a sua intenção é boa, mas eu não vou participar da formatura. Não faz sentido.

Eu não tinha o que celebrar com aquelas pessoas que nem sequer quiseram me ouvir. Quando Carlos Eduardo terminou comigo, se espalhou o boato de que eu o tinha traído com Leandro, um dos seus melhores amigos. Não consegui me explicar: já tinham escolhido em quem acreditar. As pessoas foram se afastando de mim aos poucos e, semanas depois, Cadu apareceu namorando a Heloísa.

O que todo mundo dizia era que eles se aproximaram depois de se decepcionarem comigo. Eu, por outro lado, tinha quase certeza de que a história entre eles vinha de antes, e só encontraram a desculpa certa para saírem como vítimas na história.

— Mari, por favor... — ele pediu, fazendo expressão de cachorro abandonado. — Você ajudou a gente a organizar metade das coisas, precisa estar lá.

— Mesmo se eu quisesse — falei —, não ia dar. A minha irmã também vai se formar e minha mãe já tá gastando demais com isso. E a formatura de faculdade é mais importante que a do colégio.

Ele parecia querer argumentar, mas o sinal tocou e aproveitei a deixa para encerrar de vez o assunto:

— Bê, eu sei que faz parte você tentar conseguir que todos os alunos participem da formatura e tudo mais, só que não vai rolar — falei. — E agora eu preciso ir pra aula. Mas qualquer coisa a gente se fala, tá?

Antes que ele pudesse responder, corri para a escada, pulando os degraus para chegar mais rápido.

Tão rápido que mal percebi a pessoa à minha frente e esbarrei nela, fazendo uma latinha de coca-cola cair no chão e rolar até os meus pés.

— Mas que infer...

Antes mesmo de ela terminar a frase, sabia que *eu* havia sido jogada direto no inferno. Respirando o bafo do capeta.

O conteúdo da latinha escorreu pelo chão e manchou os tênis impecavelmente brancos de Heloísa. Ela deu um gritinho e a figura alta e branquela de Carlos Eduardo se materializou ao seu lado.

— Tudo bem, princesa? — perguntou, antes de olhar para a frente e dar de cara comigo.

A expressão de Cadu se transformou, indo de doçura para uma completa ojeriza. Heloísa guinchou e apontou pra mim, sem conseguir expressar a própria irritação em palavras.

— Desculpa — falei, a primeira palavra que dirigia a ela em meses.

Uma palavra que esperei dela esse tempo todo, mas que nunca veio.

Não olhei para Cadu. Curiosamente, eu não me importava com ele — só tinha restado indiferença. Só que a traição da Helô doía, porque eu jamais esperava que minha melhor amiga fosse virar as costas pra mim.

— Vai manchar o meu tênis — resmungou, com voz de choro.

Eu me abaixei, tentando fazer alguma coisa — qualquer coisa

— para não lidar com o chilique da Helô. Eu lamberia os pés dela se isso a fizesse ficar quieta, porque a última coisa que eu queria era uma cena no corredor.

Então um par de tênis pretos com detalhes em neon se juntou aos outros.

Não precisava olhar para cima para saber a quem eles pertenciam, porque às vezes eles apareciam nos meus pesadelos. Jogados no canto do quarto, de qualquer jeito. Testemunhas de um momento que eu gostaria de esquecer.

Busquei a latinha com as mãos trêmulas, mas não voltei a olhar para cima. Ao lado dos três, eu me encolhia.

Mantive a cabeça baixa, mas a voz de Leandro ressoou:

— O que aconteceu, Helô?

— Ela esbarrou em mim!

— Foi... sem querer...

A minha voz saiu fina e aguda, falhando. Por cada segundo que aquele espetáculo se estendia, eu me sentia ainda menor. Ainda estava abaixada, segurando a lata de refrigerante e evitando encará-los.

Segurei o ar, tentando parar o tempo ao meu redor. Se eu parasse de respirar, se eu fingisse que não havia pessoas à minha volta, se eu me transportasse para longe dali, talvez... talvez o aperto no meu peito se aliviasse. Talvez eles se esquecessem de mim, talvez eu me tornasse invisível.

A voz de Cadu ressoou forte quando ele disse:

— Vê se deixa a gente em paz.

Antes, talvez eu tentasse argumentar, me explicar, mas não naquele momento. Eu não tinha mais forças.

Vi primeiro os tênis do Cadu se afastarem, seguidos pelo par da Helô. Os de Leo, no entanto, continuaram ali. E eu não podia permanecer agachada, imóvel, segurando uma latinha e mergulhada numa poça de coca-cola.

Soltei o ar lentamente, como se eu pudesse adiar os segundos e afastar Leo de mim. Levantei ainda mais devagar, ciente de cada parte do meu corpo e de como elas reagiam à presença dele. A minha vontade era fugir, me afastar dele o máximo possível, mas estava fraca demais para isso. Havia uma mancha de refrigerante no meu joelho direito, meu cabelo provavelmente estava uma bagunça. Eu me sentia pequena, minúscula. Bagunçada, quebrada por dentro e por fora.

Não era assim que eu queria ser vista, não por ele.

Leo parecia saber disso, porque, quando finalmente me ergui — quando recolhi os cacos de mim mesma e tomei coragem para ficar de pé —, ele olhou nos meus olhos, deu um sorriso malicioso e se virou de costas, seguindo os amigos.

BANDATEMPEST.COM.BR
INGRESSOS
TURNÊ TEMPESTADE
Página temporariamente indisponível.
Por favor, tente mais tarde.

6

— Toma — falei, jogando uma sacola nas mãos da Nina.

Ela abriu e deu uma olhada no conteúdo.

— A gente não precisa de um *disfarce* — comentou, ao reparar que eu tinha colocado peças de roupa lá dentro. — Só vamos comprar ingressos, não matar alguém.

Fazia semanas que não via Nina pessoalmente. Sua pele marrom estava pálida, reflexo dos dias passados trancafiada estudando. O cabelo castanho-escuro e ondulado estava preso em um coque e a blusa do uniforme parecia dois números maior. Olheiras escuras indicavam que precisava de boas noites de sono.

— Nunca se sabe — falei. — Eu mataria alguém pra conseguir um ingresso pra esse show.

O site do Tempest tinha passado a madrugada inteira fora do ar, o que só reforçava meu argumento: precisávamos ir à bilheteria se quiséssemos ter certeza de que iríamos ao show.

— O que você disse pra sua mãe? — perguntei.

Estávamos espremidas no banheiro da padaria perto de casa. Nina se virou de costas, a frase ESCOLA META – FORMANDO CAMPEÕES brilhando em amarelo contra o tecido azul-marinho da camisa polo.

Nina arrancou a blusa e vi suas costas pálidas e ossudas. Ela logo puxou uma blusa florida de dentro da sacola e vestiu, virando-se de volta para mim. Era uma das peças de roupa que ela tinha esquecido na minha casa da última vez que dormiu lá, mas agora estava larga e folgada.

— Nada, ela acha que eu tô na escola.

Tirei a camiseta branca do São João e peguei uma blusa vermelha que Nina pescou da sacola. Desfiz o rabo de cavalo e os meu cabelo caiu, solto e liso, nos ombros. Ajeitei o cabelo com os dedos e joguei tudo dentro da mochila.

— A minha mãe tem uma tradução pra entregar. Ela vai ficar de cara pro computador o dia inteiro.

Minha mãe traduzia e revisava livros. Tinha se formado em letras, feito um mestrado em linguística e sonhava em continuar os estudos até se tornar professora universitária, mas o plano ficou de lado quando ela engravidou da minha irmã. Quando eu nasci, ela tinha encontrado um meio-termo entre fazer o que gostava e a maternidade: começou revisando teses e dissertações, manuais e um monte de coisa que ninguém leria sem ser por obrigação. Depois de alguns anos, já estava traduzindo ficção.

Quando eu perguntava se ela não tinha vontade de retomar os estudos e terminar o doutorado, ela dava de ombros e dizia que estava satisfeita com a vida que tinha construído. Na maior parte do tempo era bom tê-la em casa, mas em dias como aquele, em que eu precisava de certo distanciamento para não ser pega na mentira, era horrível. Eu não era muito boa em mentir.

— Minha mãe hoje dá aula o dia inteiro — falou Nina. — Então tá tudo bem.

Nina abriu a porta do banheiro e nos deparamos com uma

mulher esperando. Ela olhou para nós duas de cara feia enquanto saíamos, mas passamos direto.

Nina deu uma risada.

— O que foi?

— Ela achou que a gente tava se agarrando lá dentro.

Olhei para trás, mas a mulher já tinha entrado. Fiz uma careta.

— Gente besta — resmunguei, passando pelo balcão da padaria, e salivei com os doces em exposição. — Você tomou café?

— Tô de boa, não sinto fome de manhã — disse Nina.

Pedi uma empadinha de frango e um quindim. Nina abriu a boca quando dei a primeira mordida na empada.

— Tem certeza que não quer? — perguntei.

Do início do ano letivo para cá, Nina havia emagrecido muito. Ela passava tanto tempo afogada nos livros que se esquecia de comer — ou viver, de um modo geral. Nunca comia quando a gente saía.

Ela colocou a língua para fora e fez uma cara de nojo.

— Tenho. Comer de manhã me deixa enjoada. E eu tô meio nervosa, fico sem fome.

Nina fez um gesto com a mão, dispensando a empada que eu havia estendido para ela. Tanto fazia. Sobrava mais para mim. Ela olhou para o relógio de pulso — ela era provavelmente uma das últimas pessoas da nossa idade que ainda usava um — e disse:

— Já tá tarde, deve ter fila na frente da Lore.

Ela bateu palmas, como se dispersasse uma multidão. Engoli a empadinha em seco e me levantei, pegando o quindim e seguindo minha amiga.

Com a mão livre, peguei o celular e entrei no FANDOM.COM. O tópico do show em Niterói pipocava com comentários sobre os ingressos. Alguém tinha publicado uma foto da fila trinta minutos antes. Não estava muito grande, mas também não era de se ignorar.

— O pessoal tá dizendo que no site os ingressos esgotaram — comentou ela, espremendo os olhos para ler os comentários.

— Deixa eu ver isso aqui — falei, virando a tela para mim, e li mais alguns comentários. — Meu Deus, o pessoal que não conseguiu vai tentar na bilheteria.

— Se a gente for de ônibus, não vai conseguir — disse Nina, parando por uns segundos, como se estivesse colocando todos os neurônios para trabalhar em uma só tarefa. — Ok, a gente tem dinheiro pra um táxi.

— É?

— Quem é boa em contas aqui? — rebateu.

Ela me puxou pela mão e, com a outra, fez sinal até que um dos carros azul-marinho parasse.

— Pra Lore, por favor — ordenou ao motorista enquanto nos arrastávamos no banco traseiro, passando as coordenadas. — Rápido!

Ela parecia animada, como uma daquelas pessoas que dizem "siga aquele carro!" nos filmes. Eu, por outro lado, estava tensa, atualizando o tópico do show no FANDOM.COM, acompanhando cada publicação. Dois minutos antes, uma usuária tinha postado outra foto. A fila estava maior.

— Quantos ingressos será que eles têm na bilheteria? — perguntei, sentindo meus batimentos acelerarem.

— Não sei, Mari! Mas vai dar certo — disse. — Tem que dar — completou, baixinho.

Às vezes eu me esquecia que Nina era tão fã do Tempest quanto eu. A banda tinha me acompanhado naquele ano difícil, mas era Nina que, antes de entrar no último ano do colégio, escrevia fanfics sobre os meninos da banda e passava horas comentando nos fóruns. Ela tinha se afastado das notícias por motivos de força maior — era infinitamente mais responsável do que eu jamais seria —, mas amava os garotos tanto quanto eu.

Apertei com força a mão fina da minha amiga, sentindo os seus ossinhos.

— Vai dar — reforcei, enquanto o táxi atravessava o túnel para São Francisco.

Conforme nos aproximávamos da Lore, o trânsito parecia mais lento. Tinha certeza que toda a cidade seguia naquela direção, que os ingressos teriam acabado quando chegássemos lá e que ficaríamos para trás. Eu tentava transmitir para Nina uma confiança que eu mesma havia perdido.

— Foi uma péssima ideia — disse ela, quando finalmente a fachada da Lore apareceu à distância.

O carro parou no sinal. A minha mente ecoava a frase de Nina, sentindo tanta insegurança quanto ela. O tempo se arrastava, a cidade parecia em câmera lenta.

A minha mente, no entanto, estava acelerada. Olhei para o taxímetro, peguei a carteira e pedi:

— Pode deixar a gente aqui.

Lancei o dinheiro para o motorista, sem me preocupar com o troco, e abri a porta. Carina levou alguns segundos até se dar conta do que estava acontecendo. Ela me acompanhou e descemos no meio da rua, entre os carros, correndo até a calçada.

A bilheteria ainda estava fechada e a fila dava voltas. Passamos por vários fãs, todos conversando animadamente, cantando e usando camisetas da banda. Parecia que era o dia do show.

— De onde saíram tantos fãs do Tempest? — perguntei, quando chegamos ao final da fila.

— Tem um pessoal que desistiu de ir no show do Rio — comentou uma menina à nossa frente na fila — e resolveu vir no daqui, achando que seria menos disputado.

Ela estendeu a mão e se apresentou:

— Gislaine. Mas me chama de Gi, por favor.

Gislaine — ou melhor, Gi — ajeitou os óculos e colocou uma mecha do cabelo cacheado atrás da orelha.

— Carina, mas pode chamar de Nina — apresentou-se minha amiga.

Existia uma formalidade quase engraçada em Nina, porque ela estendeu a mão para um aperto. Gi não se importou e apertou a mão dela com firmeza.

— Mariana — falei. — Mas pode chamar de Mari.

Gislaine estreitou os olhos por trás das lentes dos óculos.

— Eu te conheço de algum lugar — disse, com uma pausa. — A menina do vídeo, né?

Pisquei, confusa.

— Como assim? — perguntei.

— Não foi você que gravou um vídeo sobre o Tempest e publicou o link no fórum?

De repente, a ficha caiu. Claro que eu sabia que aquelas duzentas visualizações não eram só minhas e da Nina, mas ter alguém ali, à minha frente, que tinha assistido o que publiquei era surreal.

Assenti devagar, assustada e confusa ao mesmo tempo. Ela sorriu de orelha a orelha.

— Sabia que te reconhecia de algum lugar!

— Você viu o vídeo da Mari? — perguntou Nina, animada. — Amiga, você já tem inscritos! — acrescentou, se virando para mim. — Grava mais!

Falando por cima da empolgação da Nina, Gi respondeu:

— Eu vi o link no FANDOM.COM. E sua amiga tem razão, você deveria gravar mais — disse em tom de incentivo.

Ela olhou para Nina e sorriu. Minha amiga sorriu de volta e eu senti que estava sobrando.

Fui salva por um burburinho que tomou conta da fila. A bilheteria estava aberta. As minhas pernas começaram a tremer, Nina começou a conversar com a menina sobre a banda e logo as duas estavam discutindo fanfics.

Já eu estava morrendo de vontade de fazer xixi. Conforme a fila andava, a vontade aumentava. A cada pessoa que saía com um ingresso nas mãos, era um a menos. E se a gente não conseguisse?

Dois rapazes organizavam a fila, garantindo que ninguém furasse. Quando olhei com mais atenção para um deles, percebi que era o menino do self-service.

Cutuquei Nina e apontei:

— Olha, é o cara que eu comentei.

Tinha contado por alto a história para ela. Nina, nada sutil, virou o rosto para dar uma boa encarada no Rapaz da Covinha. Seria aquele o dia que eu finalmente descobriria quem ele era?

Mas a fila andou e alguém o chamou para dentro da casa de shows. Ainda fiquei esperando para ver se ele voltava, mas nada.

Quanto mais nos aproximávamos dos guichês, mais as minhas mãos suavam e o meu coração acelerava. Era *real*. Eu ia conhecer minha banda favorita, cantar a plenos pulmões as minhas músicas preferidas e ver de perto aqueles que eram responsáveis pelos meus sorrisos nos últimos meses.

Mas o medo de não conseguir ia crescendo. E se os ingressos se esgotassem mesmo? E se não conseguíssemos ver o *Tempest*?

— Deixa de paranoia — disse Nina, e foi só então que percebi que estava compartilhando meus medos em voz alta. — Não estamos muito longe, logo é a nossa vez.

Apertei a mão da minha amiga com força. Só ela entendia o quanto aquele momento era importante para mim. O quanto era importante para *nós*.

— Nós vamos viver isso. *Juntas* — reforçou.

Algumas meninas perto de nós na fila começaram a cantar as músicas da banda e nos unimos a elas, numa preparação para o grande dia. Isso foi me acalmando, diminuindo a distância que nos separava dos ingressos. Quando finalmente chegamos ao guichê, estava cheia de amor, daquela energia que unia todas as pessoas que estavam ali para realizar o mesmo sonho.

Depois de tanto planejamento e ansiedade, foi até estranho entregar o dinheiro para a atendente e receber dois ingressos de volta. Olhei para os pedaços de papel na minha mão, incrédula. Conseguimos!

Eu, Nina e nossa nova amiga, Gislaine, que saiu com seus próprios ingressos logo depois da gente, pulamos em êxtase.

Nós veríamos a nossa banda favorita.

@marinando

CINCO MOTIVOS PARA AMAR O TEMPEST

Um: Todas as músicas foram escritas por eles. Quase todas são do Deco ou do Saulo, ou uma parceria dos dois. Fala sério, eles são os melhores.

Dois: Eles são maravilhosos com os fãs. No ano passado, os meninos apareceram de surpresa no aniversário de uma fã e fizeram um show pra ela. De graça. Talvez eu tenha um pouquinho de inveja dela.

Três: Eles sempre trazem mensagens positivas nas músicas e nas redes sobre respeito e amor.

Quatro: você sabia que tem um casal na banda? Ou melhor, ex-casal. Saulo e Deco chegaram a ter um rolo uma época, mas depois que terminaram continuaram amigos e no Tempest.

Cinco: Eles anunciaram que parte da renda dos shows da nova turnê vai ser revertida para doações em ONGs nas cidades onde vão se apresentar!

5.287

17

@ninasouto1 Eu amo esses meninos! Eles são perfeitos!
@tempestlover não tem banda melhor
↳ *@gihtempestade* vou surtar tanto com um show deles

7

— Você não vai a esse show — anunciou a minha mãe, com as bochechas vermelhas de ódio. — O que vocês duas tinham na cabeça?

Nina e eu estávamos sentadas no sofá da minha sala, acuadas. O meu pai estava de pé, com as mãos na cintura. A sua careca branca brilhava à luz da luminária e um dos botões da camisa estava aberto, deixando ver a barriga proeminente.

— Era pra vocês estarem na escola — disse ele, franzindo as sobrancelhas. — Posso saber o que estavam fazendo sozinhas em outro bairro e sem uniforme?

Meu pai raramente perdia a paciência, mas sua voz soava firme e séria. Carina se encolheu ainda mais no sofá. Apesar de me conhecer fazia anos, ter passado várias férias com a minha família e muito tempo na minha casa, raramente ouvia o meu pai falar. Que dirá dar uma bronca.

Foi muito, muito azar. Ao sair da Lore, com os ingressos na mão, resolvi parar em uma lanchonete para fazer xixi e comer uma coxinha — toda a expectativa de saber se iríamos ou não conseguir os ingressos tinha me deixado com fome: a empadinha e o quindim não deram pra nada. Nina não quis a coxinha, alegando que estava animada demais para comer, mas me acompanhou enquanto eu devorava o lanche.

Até que, contrariando qualquer expectativa, *meu pai* entrou na lanchonete e pediu um pastel sorriso de carne.

Quem gosta de *sorriso de carne*?

O pobre salgado acabou abandonado no balcão assim que ele olhou para o lado e deu de cara comigo e com a Nina, sem uniforme e lanchando a uma distância bem considerável de onde deveríamos estar: a escola.

— Eu saio pra visitar um cliente e preciso voltar pra casa porque a minha filha mente pra gente que vai pra escola e está em outro lugar! — exclamou, exasperado. — E se alguma coisa tivesse acontecido?

— Eu estava com o celular... — falei.

— Não interessa, Mariana, você mentiu — cortou meu pai.

— E por causa de um show! — completou a minha mãe, inconformada.

Parecia que o motivo a deixava muito mais irritada do que eu ter faltado à escola em si.

Tentei me explicar, mas nenhum dos dois prestou atenção. Nina continuava quieta ao meu lado, roendo as unhas. Era incrível como toda empolgação que sentíamos poucas horas antes podia se dissipar tão rápido. Eu queria me desculpar com a minha amiga, porque ela não precisava estar ouvindo aquilo tudo, mas não havia espaço para diálogo. Eram apenas meu pai e minha mãe falando sem parar. A certa altura, eles pararam de se dirigir a nós duas; resmungavam mais entre si.

— Eu falei que era uma ideia ruim — sussurrou Carina, ao pé do meu ouvido.

— Foi tudo culpa da coxinha — falei.

— Não foi a coxinha, Mari — rebateu. — Foi *tudo*, a gente devia ter comprado pela internet que nem gente normal.

Minha mãe pigarreou, interrompendo nossa discussão.

— Nina, você sabe que vou precisar conversar com a sua mãe, não sabe?

Mesmo sem olhar para ela, senti Carina ficar tensa ao meu lado. Uma coisa era levar um sermão dos meus pais, outra totalmente diferente era a mãe dela ficar ciente do que tínhamos feito.

— Não, mãe, por favor… — pedi.

Senti Nina apertar minha mão em agradecimento.

— Mariana, toda ação tem uma consequência — interveio meu pai. — Vocês sabem que erraram.

Virei para a minha amiga e seu olhar era de súplica. A mãe dela era rígida, não aceitava que ela desse um passo fora da linha — e aquilo era muito mais do que ela toleraria. Apenas uma coisa era esperada da minha amiga em seu último ano escolar, e matar aula para comprar ingressos para o show do Tempest seguia na direção oposta disso.

— Tia Marta, será que a gente não pode resolver entre nós? — pediu Carina, com a voz trêmula.

Dava até para farejar seu medo. Minha mãe olhou para nós duas e viu o desespero no olhar da Nina. Com um suspiro, deu-se por vencida.

— Eu não vou falar com ela — disse minha mãe, pegando o ingresso de Nina e entregando na mão dela, que suspirou aliviada. — Você que sabe o que faz, não é minha filha e já tá quase maior de idade.

Ela olhou para nós duas ao mesmo tempo e acrescentou:

— Mas a Mariana não vai nesse show.

★ ★ ★

O ingresso em minhas mãos era uma simples lembrança do que eu não aproveitaria.

Meu pai deixou Carina no colégio no caminho para o centro da cidade, decerto fazendo um sermão ao longo do trajeto. Apesar de ter perdido as aulas da manhã, ela não teria como perder as da tarde. Eu, por outro lado, estava trancada no quarto estudando sem parar — tinha sido lembrada de tudo o que precisava encarar ao longo dos meses se quisesse uma aprovação no Enem.

Ouvi duas batidas na porta, mas ignorei. A porta se abriu mesmo assim e minha irmã entrou, sentando na beira da cama. Dei as costas para ela e escondi a cara com o travesseiro. Não estava com paciência para Melissa.

— Sabe quando eu me dei conta que era apaixonada pelo Mateus? — ela perguntou, ignorando a minha pirraça.

Eu não disse nada, mas ela prosseguiu:

— No dia que fomos a um show da nossa banda favorita. Na época eu tinha outra pessoa, ele também. Mas daí ouvi uma das músicas e só conseguia pensar nele, não em quem estava comigo. Na hora eu não entendi muito bem, mas depois tudo fez sentido.

Não respondi. O que a minha irmã queria dizer com aquilo? Que tinha conseguido ir ao show de um artista que admirava e, de quebra, entendido quem era o amor da sua vida? Se o objetivo era me matar mais um pouquinho, ela tinha conseguido.

Percebendo meu silêncio, ela prosseguiu:

— Não existe nada mais mágico que a música, e eu entendo por que você fez o que fez. Foi meio burra, era só ter me pedido que eu dava um jeito de comprar pra você. Mas eu entendo. Não garanto nada, mas vou tentar conversar com a mamãe.

Eu me virei para ela. Minha irmã tinha um olhar tranquilo e um sorriso bondoso.

Havia quatro anos de diferença entre nós e, quase sempre, isso parecia um abismo. Eu me sentia muito diferente dela. Eu a amava, mas nunca enxergava minha irmã como uma aliada. Em alguns momentos, chegava até a vê-la como rival — alguém com quem eu precisava disputar a atenção, o tempo, o afeto. Até aquele instante.

Melissa não esperou minha resposta. Fez um carinho no meu cabelo e se levantou.

— Vai dar tudo certo, Mari.

Ela falava com tanta certeza que, por um segundo, me permiti acreditar.

Quando Melissa saiu do quarto, eu me levantei, peguei o celular, apoiei o aparelho a uma distância razoável e gravei mais um vídeo — talvez o último.

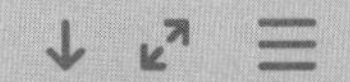

87 visualizações

16

Comentários

gihtempestade: não acredito que te proibiram de ir ao show! obs.: amei te conhecer na fila, espero que em breve vc possa conhecer o Tempest.

tempesju: Mari, eu conheci seu canal no fandom.com! Tô muito triste que vc não vai conseguir ir ao show. Vou cantar tudo em seu nome!

tata5263: Acho que a gente tinha que fazer esse vídeo chegar até o Tempest. Bjs, Mari!

tempestgirl: Outros shows virão. Eu tb não vou, eles não vêm pra minha cidade 😭

8

A vida na escola continuava a mesma: o silêncio por parte daqueles que um dia chamei de amigos, aulas cada vez mais puxadas, recreios que eu passava sozinha, olhares tortos da Helô e da sua trupe, e uma sensação sufocante toda vez que Leo cruzava o meu caminho. Só precisava lembrar a mim mesma que faltava pouco — em alguns meses, os dias no São João não passariam de um borrão distante na minha memória, e aquelas pessoas não teriam mais o poder de me reprimir.

Só que, até lá, eu precisaria viver cada dia. Essa era a parte difícil.

— Pensando na morte da bezerra?

A voz fez com que eu me sobressaltasse, mas logo suspirei aliviada ao reconhecer Bernardo.

— Você me assustou — repreendi. — E quem fala assim?

— A minha avó — respondeu ele, sentando ao meu lado no chão. — Aprendi com ela.

Aquele jeito de falar me lembrava a minha própria avó, que tinha se mudado para Teresópolis alguns anos antes. Melissa, que tinha convivido com ela por mais tempo, tinha mania de repetir uns ditados dela, direto do túnel do tempo. Eu sorri e Bernardo sorriu de volta.

— Você pensou no negócio da formatura?

— Bernardo, eu já disse que a minha mãe não tem...

— Engraçado porque, olha só, a empresa da formatura ligou hoje pros responsáveis dos alunos que ainda não tinham decidido se iam ou não participar da formatura, e a sua mãe respondeu que você não podia ficar de fora.

O meu sorriso se desfez na mesma hora.

— Não era pra vocês ligarem pra ela — respondi, séria.

Para a minha mãe, minha vida estava praticamente normal. Ao contrário da minha irmã, que envolvia a casa inteira em seus dramas amorosos, eu sempre fui mais reservada. Acho que ela acabou concluindo que eu preferia não tocar no assunto, mas que estava tudo ok. Quando perguntava sobre Heloísa, por exemplo, eu apenas respondia que ela estava bem. Não era mentira — ela parecia *ótima*. De resto, eu dava um jeito de fugir do assunto.

Só que, naquele momento, me arrependia de ter guardado todo o caos para mim. Deveria ter mostrado à minha mãe ao menos um relance do que a minha vida no colégio havia se tornado, pois, se soubesse o que tinha acontecido, ela jamais teria concordado com a formatura.

O sorriso de Bernardo desapareceu.

— Desculpa, não fui eu que liguei — explicou-se. — Faz parte do protocolo da empresa, eles ligam pra todo mundo pra tentar vender o pacote.

Arranquei a pele morta dos lábios com os dentes, e senti o gosto de sangue na língua. O mesmo gosto que senti naquele dia, quando minha vida saiu dos eixos.

Engoli em seco e tentei conter meus sentimentos. Era um misto de medo, raiva e decepção — e, acima de tudo, cansaço. Eu estava exausta.

Desde que saí da casa do Leandro meses atrás, esse era o sentimento que sempre me acompanhava. Eu não queria mais travar a mesma batalha todos os dias, não aguentava os olhares de todo mundo e, pior ainda, meu próprio julgamento. Não saberia lidar com três turmas me criticando enquanto caminhava para pegar o meu canudo.

— Mas ela não fechou nada, né? — perguntei.

— Acho que acertou com eles, porque eu vi seu nome na lista que a empresa enviou pro e-mail da comissão — explicou.

Fechei os olhos e prendi a respiração por alguns segundos. Ainda dava tempo de voltar atrás, de pedir para ela mudar de ideia.

— É só a cerimônia — comentou. — Seu nome não estava na lista da festa.

Ele fez uma pausa e completou:

— Uma pena, já falei que você seria a alma da festa.

Soltei o ar lentamente, deixando toda a raiva que eu sentia escapar pelas narinas.

— Eu não sou alma de nada — falei. — Nem quero. Só quero que este ano acabe.

Antes que Bernardo pudesse responder, me levantei e fui embora dali.

— Mãe, sobre a formatura…

Minha mãe digitava freneticamente no computador, concentrada na tradução. Seus óculos de leitura estavam acomodados na ponta do nariz e ela franzia a testa, à procura da palavra perfeita para completar a frase. À sua volta, havia dicionários dos mais diversos tipos — de idiomas, de sinônimos, de regência. Seus cabelos, lisos e castanhos, como os meus e os da minha irmã, estavam presos no alto da cabeça. De forma geral, no entanto, Melissa era mais parecida fisicamente com ela, enquanto eu tinha puxado à família do meu pai.

Ela desviou o olhar do computador rapidamente e me encarou por cima das lentes dos óculos.

— O que é que tem, Mari?

— Eu não quero participar — falei.

— Ah, Mari! Você não pode perder um momento tão especial na sua vida só porque...

Ela hesitou, como se procurasse as melhores palavras também naquela conversa. Ela se ajeitou no lugar, reorganizando os pensamentos, e continuou:

— Sei que é meio chato ter que dividir esse momento com o Carlos Eduardo, depois que vocês terminaram, mas até lá... Já vai ter passado um bom tempo, e você vai ver só, até dezembro não vai doer tanto quanto agora.

Era a primeira vez que minha mãe mencionava diretamente o término do meu namoro. Ela geralmente dava voltas, como se tivesse receio de me perguntar diretamente o que tinha acontecido. Talvez ela estivesse esperando o melhor momento para tocar no assunto, mas o momento nunca viria.

— Fiquei chateada que você decidiu sem falar comigo antes — admiti. Era o máximo que eu conseguia expressar naquele momento.

— Não falei porque imaginei que você ia reagir assim.

— Mãe, você percebe o absurdo do que acabou de dizer?

— Mais tarde você vai me agradecer, Mari. O tempo passa, as pessoas mudam e essa vai ser uma memória que você vai querer guardar.

Queria *tanto* desabafar com ela, ter abertura para dizer os motivos pelos quais eu jamais sentiria saudades da escola e jamais me arrependeria de pular a formatura, mas minha mãe não entenderia. Porque eu sabia que tinha minha parcela de culpa e não queria mudar a imagem que ela tinha de mim. Era mais fácil deixar ela pensar que eu queria fugir da formatura por não querer dividir o momento com meu ex-namorado. Sem explicações, sem mal-entendidos.

Respirei fundo. Seria apenas uma noite, mais uma. Um dia a mais entre tantos que eu ainda tinha que encarar. Até podia parecer mais doloroso, mais sério. No fim das contas, porém, era só um dia, e eu tinha aguentado vários deles.

Se aquele era meu passaporte para esquecer de vez o último ano, eu iria sorrir e acenar. Se era a forma de não ter que me explicar em casa, de não cutucar as minhas feridas, eu suportaria. Porque falar sobre o que tinha acontecido era muito mais difícil do que caminhar diante dos olhares daqueles que não quiseram me ouvir nos últimos meses. A formatura seria a última caminhada, e então eu estaria livre. E ainda faria minha mãe feliz, pois a ignorância era uma bênção.

— Tá bem, fazer o quê — respondi, dando de ombros e deixando-a voltar ao trabalho.

Era melhor parecer uma menina teimosa do que me abrir e lidar com a possibilidade de ser vista pela minha mãe do mesmo jeito que meus colegas me viam. Algumas brigas eu não estava disposta a comprar.

Quando isso vai passar, não sei. Mas a tempestade vai acabar.

SuperTeens

#Capa

PREVISÃO DO TEMPO: TEMPESTADE PELO BRASIL

Conversamos com os quatro meninos do *Tempest* sobre o novo álbum, a turnê e os planos para o futuro

Por Julia Toledo

Deco, Saulo, Toni e Feijó poderiam ser seus amigos, mas é provável que você tenha um pôster deles pendurado na parede. Os quatro garotos paulistanos chegaram cedo ao estúdio onde fotografamos para esta entrevista. Saídos há poucos anos do ensino médio, eles explodiram no ano passado com o álbum de estreia, *Abajur*. “As músicas têm um pouco a ver com a nossa vida pessoal”, explica Saulo. “No primeiro álbum, a gente não tinha a menor ideia do que estava fazendo. Queríamos só fazer música.” Saulo é interrompido por Feijó: “Só que a minha mãe achava que esse negócio não tinha futuro”. O quarteto irrompe em risadas.

Naquela tarde, caiu uma chuva forte em São Paulo e o fotógrafo sugeriu que fôssemos para a rua aproveitar e fazer uns registros — que acabaram ilustrando esta matéria. Os meninos toparam na hora, só Deco que demorou um pouco a aceitar: “Tem que cuidar da voz, né?”. Eles têm motivos para se preocupar com isso: a segunda turnê da banda começa na semana em que esta edição chega às bancas, com shows agendados em todas as regiões do país, ingressos esgotados e novas datas sendo divulgadas.

SuperTeens: *Se alguém dissesse que, pouco depois de terminar o ensino médio, vocês estariam no segundo álbum de estúdio e fazendo shows pelo Brasil inteiro, qual seria a reação de vocês?*
Deco: Eu ia rir. A primeira vez que eu cantei na frente de muita gente foi no show de talentos do colégio, uns três anos atrás.
Toni: E teve gente que tapou os ouvidos! (*Os meninos explodem numa gargalhada.*)
Deco: Pior que teve. Até hoje tem. Sei que existem pessoas que não curtem nosso som, mas nem todo mundo tem bom gosto. (*Deco ri sozinho da própria piada.*)
Saulo: É, tem gente que não curte o que a gente faz. Mas é tudo questão de gosto, né? Não é pra essas pessoas que a gente faz a nossa música.
Feijó: A gente faz música pra gente. E daí demos a sorte de outras pessoas curtirem. Eu acho isso fora de série, sabe? Porque foi o que o Deco falou: até pouco tempo atrás, a gente nem pensava nisso de música.
Saulo: Quer dizer, a gente pensava. Todo mundo aqui gostava de tocar algum instrumento, já tinha feito aulas e tal, mas ninguém acreditava que isso pudesse virar coisa séria. Era pra gente estar na faculdade, mas daí a vida aconteceu.

Quando Saulo fala que a vida aconteceu, ele está falando de um vídeo que os quatro gravaram e os alçou ao estrelato — ao menos, na internet. Eles gravaram uma música com letra original do Saulo e do Deco e publicaram na rede.

SuperTeens: *Vocês imaginavam a repercussão?*
Deco: A gente não imaginava nada! (*risos*) Todo mundo coloca coisas na internet todos os dias. Só que de repente as pessoas começaram a escutar, comentar, e um dia o Saulo recebeu um e-mail.
Saulo: Eu achei que era uma pegadinha. O vídeo estava no meu canal, então entraram em contato comigo. Um cantor queria gravar.
Feijó: E eu fiquei assim... "não, não pode ser".
Saulo: E eu disse que ninguém ia gravar nossa música a não ser a gente. Daí respondi pro cara: "Não, muito obrigado, mas a gente não quer que outras pessoas gravem a nossa música". Mas não tinha nada "nosso" ainda, sabe? Sei lá, eu tinha uns rabiscos no caderno, a gente se reunia no prédio do Toni pra brincar de tocar…
Toni: Porque minha vizinha é uma senhora de idade que não escuta muito bem e o resto do prédio trabalha o dia todo, então as pessoas não reclamavam do barulho!
Saulo: … isso! (*risos*) E ainda bem que a dona Vera não escuta direito, porque a gente era *muito* ruim. Só que, sei lá, quando eu respondi o cara dizendo que a gente não podia passar nossa música pra outra pessoa…
Feijó: … ele disse que queria ouvir então o que a gente tinha, porque achava que talvez pudesse funcionar.
Deco: Eu nem entendi bem o que ele queria dizer com "funcionar" na época. Eu tinha, sei lá, 17 anos. Os meninos são mais velhos alguns meses, eles já tinham 18. Mas a gente era só isso: um bando de moleque estudando pro vestibular que gostava muito de fazer música enquanto fingia que ia pra casa um do outro fazer trabalho pra escola.

Toni: Enfim, quando a gente mostrou as músicas pra ele, o cara gostou muito. Ficou empolgado mesmo, e colocou a gente debaixo da asa. Foi coisa de sonho.

Em pouco menos de quatro meses, eles tinham um single gravado e um álbum encaminhado. O empresário, Júlio Queiroz, contou pra gente: “Eles ainda eram amadores, uma banda de apartamento, mas tinha muita alegria nas músicas que faziam, funcionava. Eu arrisquei, levei para as gravadoras e uma delas acabou topando. Fizemos tudo correndo: eles tinham aula de canto e instrumentos entre uma gravação e outra, pra se aperfeiçoarem. Mas tudo deu certo”. Deu muito certo: a música de estreia foi uma das mais tocadas no país ano passado.

SuperTeens: *Qual a diferença de* Abajur *para* Tempestade?
Toni: Eu não diria que a gente sabe melhor o que está fazendo agora, porque tivemos pouco tempo pra aprender. Só que é um álbum que a gente se divertiu mais fazendo, porque não foi naquela correria.
Saulo: Eu e o Deco escrevemos a maioria das músicas, só que foi um pouco diferente de quando a gente fazia sozinho. Agora o Júlio, a galera da gravadora… todo mundo colaborou, sabe? Acho que foi um trabalho mais coletivo.
Deco: Acho que nos arriscamos um pouco mais também. Algumas músicas foram escritas quando a gente tava em turnê, então tinha dias que tava todo mundo na van, alguém cantava uma coisa e saía uma música.
Feijó: Foi diferente, mas no fim continuamos sendo a mesma coisa: quatro amigos que gostam de música e por acaso

fizeram um álbum. Mas acho que a gente estaria envolvido com música de um jeito ou de outro, mesmo se tivéssemos passado no vestibular e tal.
Deco: É, o Saulo ia arrasar na bateria da Atlética da faculdade.

Os meninos explodem numa gargalhada. A cumplicidade entre os quatro é nítida, fruto de uma banda que nasceu por acaso, de uma amizade. E que agora está conquistando o Brasil.

SuperTeens: *O que os fãs podem esperar da turnê?*
Deco: Vai ser bem diferente dos shows que já fizemos até agora!
Feijó: A gente quer que as pessoas saiam felizes do show. Dessa vez todo mundo sabe que vai ser mais puxado, porque vamos passar mais tempo na estrada, sem muito descanso entre uma apresentação e outra, mas nos esforçamos pra colocar o máximo de músicas no repertório.
Toni: Os lugares também não são grandes, porque a gente queria que todo mundo se sentisse perto da gente. Por enquanto não faz sentido tocar num lugar gigante aqui em São Paulo, por exemplo, e as pessoas mal conseguirem nos ver, sabe?
Deco: É, isso foi uma coisa que pesou. Escolhemos mais cidades porque a gente queria ir em lugares aonde ainda não tínhamos ido também, porque a gente recebia muito comentário de fã dizendo coisas do tipo: “Ah, aqui na minha cidade nunca tem nada”. E a gente queria estar perto do maior número possível de pessoas.

Saulo: Eu tô doido pra ver a reação da galera quando a gente tocar "Aurora" (*próxima música de trabalho da banda, cuja letra fala sobre fim de ciclos e virou a favorita dos fãs*). Preparamos umas surpresas...

Deco: ... mas são surpresas. Se a gente falar, estraga a graça. E o Saulo é fofoqueiro, então não dá pra deixar ele falando, senão entrega tudo.

Feijó: A gente só quer fazer nossa música e deixar as pessoas felizes.

Toni: E acho que estamos conseguindo.

9

O pôster do Tempest foi a primeira coisa que vi ao virar a esquina da casa da Nina, dominando a parte do lado da banca de jornal.

— Duas *SuperTeens*, por favor — pedi ao jornaleiro, estendendo uma nota de vinte reais.

Ele me entregou as revistas, mas não tirei nenhuma delas do plástico. Queria abrir os exemplares com a Carina.

Não nos falávamos desde o dia dos ingressos, e eu ainda estava tentando lidar com a vergonha pelo constrangimento que tinha feito a gente passar. Se não fosse minha ideia boba, no fim de semana conseguiríamos aproveitar o show juntas.

Fiquei parada em frente ao prédio, sem saber o que fazer. Estava quase indo embora quando ouvi o estalo do portão e me aproximei da guarita da portaria. Quem estava de plantão era o Osvaldo, um senhor calvo perto dos sessenta anos que trabalhava no prédio desde que eu era criança.

— Ei, Osvaldo, pode avisar à Nina que eu tô aqui?

— Não quer subir, Mari? — perguntou ele, que sempre liberava minha entrada sem piscar.

— Dá um toque pra Nina e vê se ela quer me receber.

Ele assobiou de leve e interfonou para o apartamento. A revista pesava em minhas mãos, um lembrete de como tínhamos ido parar ali.

Foram segundos excruciantes até ele responder:

— Pode subir!

Soltei um suspiro de alívio e até lancei um beijinho no ar para Osvaldo.

— Obrigada, Osvaldo!

Corri até o elevador antes que Nina mudasse de ideia e mandasse o porteiro me escoltar para fora do prédio. Conforme o elevador subia, a ansiedade retornava. Nina não merecia perder o show por minha causa — e eu queria dizer isso diretamente a ela.

Quando o elevador chegou ao nono andar, a porta do apartamento de Nina já estava aberta e ela me esperava encostada no batente. A gola do meu uniforme pinicava o pescoço, tudo parecia incômodo.

Fiquei parada, sem saber muito bem o que fazer, mas minha amiga foi mais rápida que minha ansiedade:

— Você não vai me dar um abraço? É meu aniversário.

Ela abriu os braços e me puxou para perto. Eu me permiti derreter no abraço da minha melhor amiga, tomando cuidado para não derrubar o que estava segurando. O aniversário era dela, mas era eu quem estava emotiva.

— Você não me odeia?

— Odeio, porque você ainda não me deu parabéns! — respondeu, me soltando.

— Feliz aniversário — falei, estendendo a revista e o bombom.

Carina me puxou para dentro e fechou a porta atrás de nós. Deixou o bombom no aparador, mas foi logo rasgando a embalagem da revista.

— Obrigada — disse ela.

O apartamento da Nina era três vezes maior que o meu. Além de dar aulas na universidade, o pai dela prestava algum tipo de consultoria à prefeitura como engenheiro e ganhava muito bem. A casa estava sempre imaculada, com ares de inabitada. Fazia meses que eu não entrava ali, mas a sensação era de que nada havia mudado de lugar — nenhum retrato novo, nenhuma almofada fora de ordem, nada que a tornasse mais parecida com uma casa e menos com um apartamento decorado daqueles que as pessoas visitam quando vão comprar um imóvel.

Carina se jogou no tapete e abriu a revista. Eu me deitei ao lado dela e tirei meu próprio exemplar da embalagem.

A capa era linda: os meninos do Tempest reproduziam a famosa imagem dos Beatles atravessando a Abbey Road, só que numa avenida em São Paulo, molhados pela chuva. Saulo fazia as vezes de Paul McCartney, descalço na faixa de pedestres; puxando a fila ia Deco, vestido de preto dos pés à cabeça — que estava raspada, o completo oposto de John Lennon na imagem icônica.

Em silêncio, deitadas lado a lado, lemos a entrevista dos meninos. Quando chegou ao fim, Carina soltou um suspiro e abraçou a revista.

— Eu queria tanto ir no sábado — disse, num sussurro.

— Você ainda pode ir — falei.

— Não vou sozinha, não tem graça. Esse sonho é nosso — respondeu ela, sem disfarçar a tristeza.

Rolei no tapete e fiquei de barriga pra cima, olhando para o teto.

— Foi uma ideia burra.

— Eu disse que era.

— Eu sei. E não escutei. Agora a gente vai ficar sem o Tempest.

— Será que a gente pode não falar sobre isso? Só hoje eu quero fingir que não vou perder o show da minha banda favorita. É meu aniversário, afinal de contas.

Quando Patrícia chegou, cerca de uma hora mais tarde, eu e Nina estávamos jogadas no tapete, abraçadas em almofadas e assistindo a um filme na televisão enorme, que mais parecia uma tela de cinema.

— Mari, não sabia que você estava aqui — disse ela, pontuando bem cada palavra.

A mãe da Nina tinha a dicção perfeita e ocupava qualquer ambiente com sua presença. Eu podia imaginá-la entrando na sala de aula e todos os alunos se ajeitando na cadeira e cessando qualquer conversa. Ela me intimidava.

Carina pausou o filme e se virou para a mãe.

— Ela veio me dar parabéns — respondeu.

A expressão dela suavizou um pouco.

— Você quer sair com a gente pra jantar, Mari?

— Eu não trouxe nenhuma roupa, vim da escola pra cá!

— Sempre tem alguma roupa sua aqui em casa — disse Nina.

Era verdade, porque eu sempre acabava deixando alguma peça quando dormia lá.

Eu sorri e me virei para Patrícia.

— Posso usar o telefone pra ligar pra minha mãe?

Nina parecia contente, brincando com os hashis, mas sua comida permanecia quase intocada. Eu mergulhei um sashimi no shoyu e enfiei na boca de uma só vez. Éramos só eu, Nina e os pais dela. Justino, o pai, tinha cabelos grisalhos, a pele um pouco mais clara do que a da filha, olhos castanhos e estreitos e uma expressão indecifrável. Eu estava acostumada ao perfil mais sério dos Oliveira, mas naquela noite até Patrícia parecia bem-humorada.

A minha família era mais barulhenta — ou melhor, as mulheres Prudente eram barulhentas, inclusive eu, e meu pai apenas tinha aceitado o destino. A família da Carina, por outro lado, era de poucas palavras. Quando tinham algo a dizer, de bom ou de ruim, nunca erguiam a voz. A minha amiga entendia o que precisava ser entendido apenas pela entonação. Era difícil vê-los relaxados e rindo. Na verdade, era difícil *vê-los*, ponto. Todo mundo parecia sempre ocupado demais, inclusive Nina. Só que naquele dia, eles deixaram a tensão do lado de fora do restaurante e se permitiram, por algumas horas ao menos, sentir a leveza de um dia tão especial.

Justino pediu saquê e serviu todos nós — inclusive eu. Era o primeiro brinde da maioridade de Nina.

Ela fez uma careta ao beber e eu dei só um golinho para não fazer desfeita, mas deixei a bebida de lado.

— Como vão os estudos, Mariana? — perguntou Justino.

Eu enfiei um sushi na boca para fugir da pergunta.

Patrícia percebeu meu gesto e deu uma risada, colocando a mão sobre a do marido.

— Deixa as meninas, hoje é um dia especial.

Mas ele ignorou o pedido. Começou a falar como gostaria que a filha se formasse na Unicamp como ele, que tinha se mudado para

Niterói na época do doutorado, ficando de vez na cidade. Todos aqueles anos não tinham sido suficientes para ele abandonar o erre carregado de alguém nascido e criado em Campinas.

Nina havia deixado a comida de lado e brincava com os hashis, girando-os entre os dedos, acelerando o movimento a cada palavra que o pai dizia. Seu corpo mandava um sinal claro: ela não aguentava mais o assunto.

— Eu vou ao banheiro rapidinho — anunciou, para todos e para ninguém em especial, deixando o guardanapo de pano em seu lugar, desaparecendo antes que alguém pudesse fazer uma objeção.

A mesa não ficou em silêncio, mas a conversa era esquisita — quase um monólogo de Justino, com breves interrupções de Patrícia e eu balançando a cabeça com frequência, concordando.

Os minutos se passavam e Nina não voltava do banheiro — e eu ficava cada vez menos à vontade na presença dos pais da minha amiga, porque era muito raro ficarmos sem ela por perto.

— A Nina tá demorando — comentou Patrícia, cortando o marido, que falava sem parar sobre seus anos na Unicamp, que talvez tivesse sido a melhor época da vida dele.

— Eu posso ir lá dar uma olhada — comentei.

Patrícia assentiu, me encorajando. A comida de Nina ainda estava quase intacta no prato.

Eu me levantei e atravessei o restaurante, procurando pelo banheiro. Uma plaquinha apontava para a esquerda, depois havia um corredor estreito, e lá estava a porta. Abri sem fazer muito barulho. Havia duas cabines — a primeira estava vazia e com a porta escancarada, mas a segunda estava fechada e com o trinco de ocupado.

Estava prestes a chamar por Nina quando ouvi o barulho. Duas tossidas, um pigarro forte e o som feio e incômodo de algo sendo colocado para fora. Um arranhar na garganta, o silêncio ensurdecedor que seguiu. O barulho da descarga levando embora o que tinha sido despejado ali dentro, seguido pela trinca se abrindo.

Nina saiu da cabine e deu de cara comigo.

Ela arregalou os olhos castanhos. Sua pele estava mais pálida do que antes. Ajeitou um fio de cabelo que tinha saído do lugar e não disse nada: foi direto para a pia e encheu a boca de água. O banheiro estava pesado, carregado pelas perguntas que eu queria fazer e as respostas que ela não queria dar.

A porta do banheiro se abriu mais uma vez e uma mulher entrou. No olhar de Nina, eu conseguia ler um pedido para que eu não a questionasse.

— Foi alguma coisa que comi — explicou, como se eu fosse acreditar.

Entre nós, pendia um milhão de medos e segredos. Como uma amiga fiel, eu mantive o silêncio.

10

A imagem de Nina no banheiro do restaurante ficou gravada na minha mente. Dormi mal, perdi a hora, cheguei atrasada no colégio e, além de ganhar uma advertência, ainda precisei ficar sentada no pátio esperando pelo segundo tempo de aulas.

Parte de mim queria me tranquilizar, repetindo que Nina só tinha se sentido mal com a comida e não queria preocupar ninguém. Mas havia outra parte, a que falava mais alto, a que reunia pequenos detalhes das nossas interações nos últimos meses, e dizia que havia algo a mais, e que ninguém estava prestando atenção o suficiente. Que *eu* não estava prestando atenção o suficiente. No fundo, sabia que ela não estava bem, mas não conseguia dar nome àquilo.

Enquanto minha mente entrava em turbilhão, vi Bernardo cruzar o portão da escola, esbaforido.

De onde estava, eu o via tentar passar uma conversa em Jorginho, que não cedeu. Ele podia ser o funcionário mais gente boa do São João, mas não tolerava atrasos — minutos antes, tinha me passado um sermão pelo mesmo motivo, ainda que eu nunca me atrasasse.

Bernardo caminhou pelo pátio, perdido, até que me viu.

— Dormiu mais do que a cama também?

— O meu maior crime — respondi, abrindo espaço para que ele se sentasse ao meu lado.

Bernardo começou a falar amenidades — depois de ter vencido a disputa da formatura, não tocava mais no assunto. Falamos sobre filmes, a preparação para o Enem, e finalmente chegamos ao tópico música.

— A minha irmã vai no show daqueles caras depois de amanhã, você curte?

— Amo, eles são muito bons. É minha banda favorita.

Ele conteve uma careta, mas não me abalei. Já estava acostumada a ver as pessoas fazerem pouco-caso do que garotas gostavam, sem sequer dar uma chance. Como se conquistar milhares de pessoas por meio da música fosse um demérito.

— Você não parece muito animada — disse ele. — Não está ansiosa para o show?

— Se eu fosse, estaria. Mas não vou mais...

— Ué, não conseguiu ingresso? Talvez minha irmã saiba como conseguir...

Balancei a cabeça e as mãos, tentando dispensar a oferta.

— Não, não é isso. Eu cheguei a comprar ingresso, mas só... enfim, não vai dar pra ir.

Bernardo arqueou a sobrancelha e me olhou. Havia algo cativante naquele olhar, que explicava por que grande parte do São João se lançava aos seus pés. Ele emanava uma energia boa, uma mistura de acolhimento e compreensão que era rara de se ver em uma pessoa tão bonita, que cabia em todos os padrões. Pessoas bonitas costumavam achar que tinham o mundo nas mãos, mas ele não trazia essa soberba. Talvez fosse esse detalhe que o diferenciasse dos outros colegas.

— Mas por quê? Quer dizer, se não for perguntar demais...

Contraí os lábios, um pouco envergonhada. Como dizer para alguém que eu tinha ficado de castigo aos *dezessete* anos?

— Promete que não vai rir?

Bernardo ergueu o mindinho e disse, com uma voz meio zombeteira:

— Juro de dedinho!

Eu dei um tapa no braço dele.

— Tô falando sério! — repreendi.

— Eu também. Minha irmã sempre me fazia jurar de dedinho, quando ela falava isso era pra valer!

Ergui meu mindinho e entrelacei no dele. Bernardo me olhou por um instante longo e fiquei até meio desconcertada. De repente, tive a sensação de que os outros alunos no pátio, atrasados como nós, nos observavam. Desviei o olhar e soltei o dedo dele — a última coisa que eu precisava era de mais burburinhos sobre mim se espalhando pelo colégio. Só queria chegar inteira ao fim do ano.

— Tá, mas você jurou, hein? Não vale rir!

Bernardo fez cara de sério e se aprumou para me ouvir.

— Não vou rir!

— Fiquei de castigo porque matei aula pra comprar os ingressos — confessei. — Minha mãe me proibiu de ir ao show.

Ele espremeu os lábios, segurando a vontade de rir.

— Você prometeu! — acusei.

— Eu não tô rindo!

— Mas quer!

— Continuo sem rir — respondeu, ainda prendendo o riso. — E estou tentando entender como isso aconteceu.

Contei a história, ainda morta de vergonha. Ele não se conteve e deixou escapar um riso frouxo.

— Desculpa — falou. — Juro que não queria, mas é que, com todo o respeito, foi uma ideia meio burra.

— Totalmente burra.

— E agora eu não posso te chamar pra sair, já que você tá presa em casa.

Pisquei, meio confusa, demorando a processar o que Bernardo tinha dito. Meu corpo se afastou dele quase automaticamente, balancei a cabeça.

— Bernardo, acho que você entendeu errado...

— Ai, Mari, desculpa. Acho que *eu* falei errado, é só que... eu te acho legal, e queria saber se você topa ir ao cinema comigo. Ou, sei lá, comer alguma coisa.

A voz de Bernardo me quebrou, porque senti sinceridade, do tipo que havia me desacostumado a receber. Desde que terminei com Cadu, tinha ouvido propostas pelos corredores — algumas disfarçadas de boas intenções; outras diretas, tão diretas que doíam a alma. Eu não sabia como lidar com alguém que conhecia a parte distorcida daquela história e, ainda assim, me tratava bem. Como se os boatos não importassem. Como se eu fosse algo para além deles.

Eu sabia que era, mas às vezes esquecia.

Sorri para Bernardo, dissipando de vez qualquer atmosfera esquisita que tivesse surgido entre nós.

— Não sei se vai rolar um cinema. Castigo, lembra? Mas um almoço eu acho que dá.

O sinal tocou, interrompendo a conversa, mas deixando no ar a promessa de nos falarmos depois. E a sensação de que eu valia mais do que queriam me fazer acreditar.

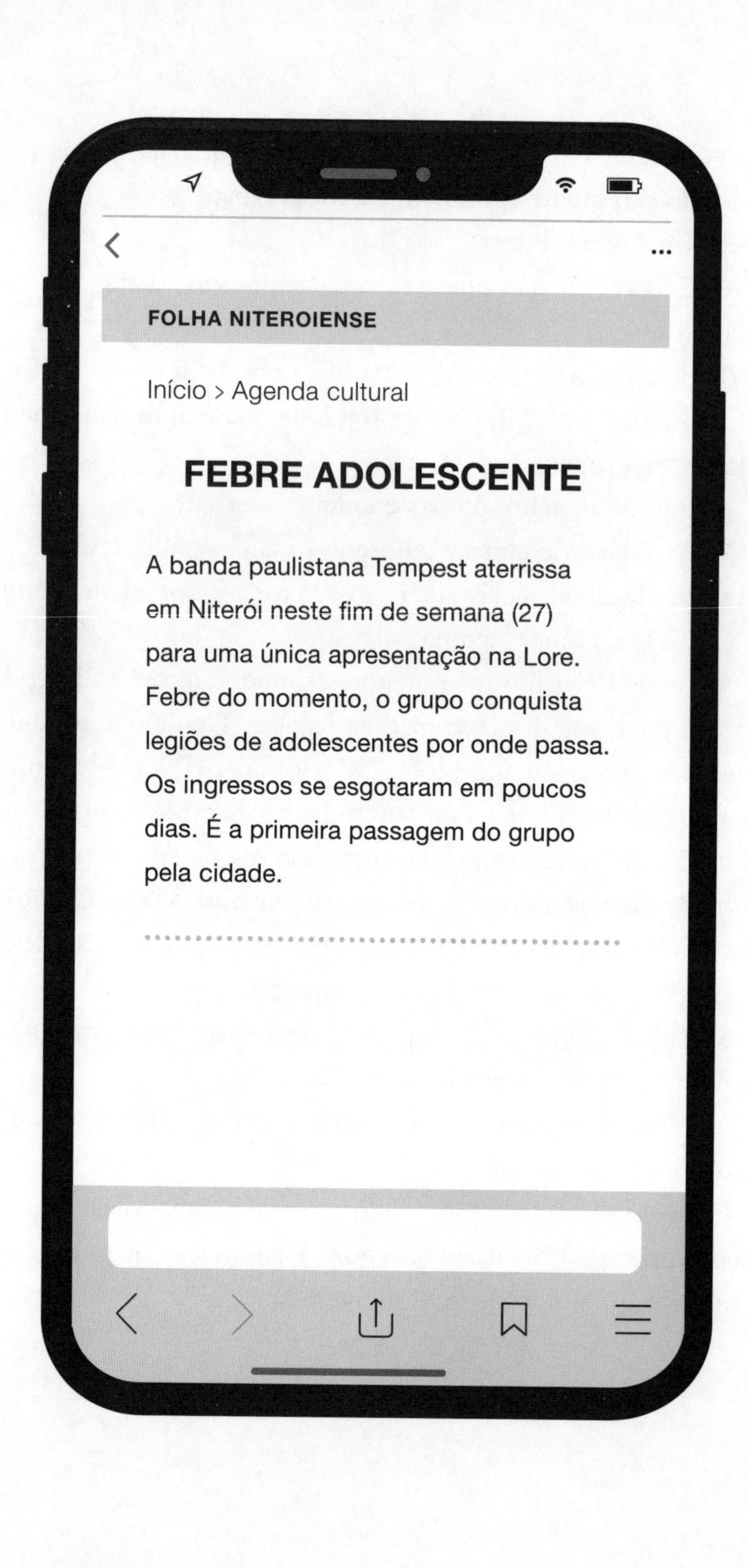
FOLHA NITEROIENSE

Início > Agenda cultural

FEBRE ADOLESCENTE

A banda paulistana Tempest aterrissa em Niterói neste fim de semana (27) para uma única apresentação na Lore. Febre do momento, o grupo conquista legiões de adolescentes por onde passa. Os ingressos se esgotaram em poucos dias. É a primeira passagem do grupo pela cidade.

11

Ao contrário dos trocadilhos nas manchetes, o céu estava limpo e sem nuvens no dia do show do Tempest. A única tempestade que se anunciava era aquela causada pela minha própria tristeza em saber que estava tão perto e tão longe da minha banda favorita.

À primeira vista, parecia fácil ignorar a data: eu estava atolada de matérias para estudar, não podia usar o computador, e meu celular tinha sido confiscado pelos meus pais como parte do castigo. Achei que iria passar imune, mas não foi bem assim.

Era bem cedo quando a campainha tocou.

— Mari, atende! — gritou Melissa de dentro do banheiro.

Levantei da cama, contrariada. A casa estava vazia: meus pais tinham saído para sabe-se lá onde, me deixando aos cuidados da Mel — quando, na verdade, era ela que precisava ser vigiada.

Pelo olho mágico, vi meu cunhado parado no corredor.

— Sua irmã tá pronta? — quis saber Mateus assim que abri a porta.

— Bom dia pra você também, cunhadinho — provoquei, implicando com a falta de bons modos dele.

Mateus frequentava nossa casa havia anos, porque ele e Melissa já eram melhores amigos antes mesmo de se tornarem namorados.

— Tá no banho — falei, por fim.

Mateus se jogou no sofá e ligou a televisão. Estava prestes a voltar para a cama quando ele me interrompeu.

— Senta aí, cunhadinha — disse, dando um tapinha no sofá. — O que você tem de bom pra hoje?

Eu me sentei ao lado dele, levemente emburrada. Não era com ele que eu estava chateada — afinal, Mateus não tinha obrigação de saber o que aquele sábado significava para mim —, mas ainda assim senti a ferida ser cutucada. As respostas que passaram pela minha cabeça eram mal-humoradas, então escolhi o silêncio, que logo se tornou pesado e constrangedor.

Na tela, passava o jornal matinal — a voz da âncora era o único som na sala, tornando a ausência de conversa quase constrangedora.

— Já imaginou sua irmã apresentando jornal um dia?

— Já, ela quis me matar quando eu comentei — respondi.

Mateus deu uma risada.

Estudante de jornalismo, Melissa estava quase concluindo o curso. Ela estagiava em um jornal impresso e não tinha a menor pretensão de um dia se sentar atrás da bancada de algum telejornal. Ainda que fosse desinibida, preferia a segurança de estar atrás das palavras escritas, que podia controlar um pouco melhor.

Voltei o olhar para a televisão e a âncora se virou para uma das câmeras, chamando a próxima reportagem:

"Sucesso em todo o Brasil, o fim de semana no Rio de Janeiro e em Niterói traz uma previsão diferente! A banda paulista Tempest começa hoje seus shows em território fluminense, e a repórter Laura Barreto nos conta mais."

Mateus pegou o controle e aumentou o volume.

— Não são os meninos que você curte?

Eu me encolhi no sofá, querendo estar longe dali.

A imagem mudou para uma repórter em frente a um hotel que ficava a poucas quadras de casa. Meu coração perdeu o compasso.

"Niterói está em *festa*!" A imagem se abriu, afastando-se aos poucos da repórter e mostrando os adolescentes atrás dela. Não eram muitos, mas o suficiente para fazer barulho e atrapalhar o tráfego. Os seguranças do hotel tentavam colocar ordem na bagunça — era raro ver uma cena daquelas por ali. A maioria das pessoas acampadas na porta do hotel eram garotas da minha idade. A repórter continuou: "Hoje a banda *Tempest* vai se apresentar na cidade. Nesse fim de semana eles também têm apresentações marcadas no Centro e na Barra da Tijuca".

Laura Barreto deu alguns passos e se aproximou de uma das fãs. Levei alguns segundos para reconhecê-la, com faixa na cabeça e tudo o que tinha direito, mas logo lembrei onde já a tinha visto antes: naquele fatídico dia na fila da bilheteria, que parecia ter acontecido havia séculos.

"Estou aqui com a Gislaine, que veio de Maricá para assistir à apresentação. Gislaine, o que você mais gosta na banda?"

Gislaine se aproximou da repórter, pegando o microfone e puxando para que ela mesma segurasse. A pele negra reluzia com o glitter que tinha caído da faixa em sua testa dizendo: EU ♥ TEMPEST.

"Pode me chamar de Gi, viu?", disse ela, dispensando formalidades. "Eu *amo* os meninos, eu faria *tudo* por eles, espero que passem a *vida inteira* fazendo música. Vou ser uma velhinha e vou continuar seguindo o Tempest pelo Brasil, porque daí o dinheiro vai ser meu, não da minha mãe." Ela enfatizava algumas palavras, colocando o máximo de paixão no que dizia.

Mateus segurou um risinho e a repórter tentou puxar o microfone de volta, mas Gislaine continuou:

"Eu amo a voz do Deco, amo como o Feijó toca baixo, amo o Toni interagindo com o público e o Saulo pode acertar as baquetas na minha testa que eu vou continuar querendo me casar com ele!"

Laura Barreto conseguiu, finalmente, soltar o microfone da mão de Gislaine, que parecia disposta a declarar seu amor e sua profunda devoção aos meninos do Tempest por horas a fio.

"Hoje cedo nós conversamos com o quarteto, sobre o novo álbum e a turnê que esgotou em poucas horas..."

Ela ia chamar o vídeo, mas peguei o controle da mão do Mateus e desliguei a televisão.

— Não quero ver isso — falei.

— Ué, mas...

— Se eu não posso ver os meninos ao vivo, não quero ver pela televisão — declarei.

— Por que você não vai no show? — quis saber Mateus.

— Porque ela fez besteira — respondeu Melissa, entrando na sala com uma toalha de banho enrolada na cabeça.

Fuzilei minha irmã com o olhar, mas ela não se importou.

— Tá linda, amor — disse Mateus, brincalhão.

Ela ignorou o comentário. Uma das vantagens de conhecer o amor da sua vida desde a infância é já ter visto o melhor e o pior um do outro. Uma toalha na cabeça não era nada de outro mundo. Mateus se virou para mim.

— O que você fez? — perguntou.

Contei por alto a história dos ingressos. Repetir aquilo em voz alta só tornava a situação mais patética. Se eu pudesse voltar no tempo, jamais teria perdido a chance da minha vida por uma besteira daquelas.

Mateus ouviu, atento. Um lampejo atravessou sua expressão, como se tivesse acabado de lhe ocorrer uma ideia genial. Ele olhou para Melissa, atento. Eu odiava a facilidade que os dois tinham em manter uma conversa inteira apenas através de olhares, excluindo todo mundo que estivesse por perto.

— Você não pode ir no show... — começou Mateus.

— ... mas ninguém disse que não pode ir caminhar perto da praia com sua irmã e seu cunhadinho e, por acaso, esbarrar nos meninos da banda — completou Melissa, abrindo um sorriso de orelha a orelha.

Eu olhei para os dois, me perguntando se estavam falando sério. Estavam. Melissa já tinha disparado pelo corredor, tirando a toalha da cabeça, e Mateus havia se colocado de pé.

— Você vai ver sua banda de um jeito ou de outro, cunhadinha.

Mateus me lançou um sorriso cúmplice e meu coração se encheu de expectativas.

As expectativas foram frustradas: quando chegamos em frente ao hotel, boa parte das fãs já tinha se dispersado. Não havia sinal de Gislaine, e os ambulantes com faixas e camisetas evaporaram, tão rápido quanto provavelmente tinham aparecido. Melissa olhou ao redor, inconformada.

— Vou apurar! — disse ela, deixando Mateus e eu para trás e marchando em direção a um dos seguranças, que já desmontava as proteções de ferro que tinham montado em frente à porta do hotel.

Vi minha irmã em seu modo jornalista, tentando extrair alguma informação do sujeito enorme que permanecia impassível e de braços cruzados. Ela deixou o homem para lá e se aproximou de uma das poucas fãs que ainda estavam na porta do hotel. A menina estava juntando as próprias tralhas, provavelmente prestes a seguir o mesmo caminho que o restante da multidão tinha tomado mais cedo.

Ela e minha irmã trocaram algumas palavras e eu já sabia que tudo tinha dado errado antes mesmo de ver Melissa vindo até nós, com a expressão derrotada.

— Eles já foram embora — explicou. — Saíram há pouquinho, parece que já foram pra Lore fazer a passagem de som.

— Mas ainda tá cedo — exclamou Mateus, indignado.

— Eles gostam de passar o dia no lugar — respondi, sem saber como não tinha me lembrado daquele detalhe antes. — Pra se concentrar e entrar no clima do show.

Melissa parecia frustrada, mais até do que eu. Tantas coisas já tinham dado errado em relação àquele show que estranho seria se tivesse funcionado.

— Vocês tentaram — eu disse, para consolar os dois.

Com pesar, minha irmã rebateu:

— Mas não o suficiente.

Foi nesse instante que Mateus fez sinal para um táxi. O veículo parou e ele empurrou Melissa e a mim para o banco de trás.

— O que vocês tão fazendo?

Os dois apenas se olharam e deram de ombros. Aquela cumplicidade era mesmo *insuportável*.

Meu cunhado se sentou ao lado do motorista e disse algo para o homem, mas eu não consegui ouvir. Minha alma de fofoqueira quase morreu bem ali.

Quando o táxi passou pelo túnel e saímos de Icaraí para São Francisco, comecei a entender o que os dois queriam fazer — ao menos em parte. Me virei para Melissa e protestei:

— Mel, vamos voltar! A mamãe vai matar nós duas se achar que foi ideia minha e...

A minha voz falhou um pouquinho.

— Mas a gente não tá indo fazer nada demais! Só estamos te levando pra almoçar, irmãzinha. Não posso? — perguntou Melissa, dando uma piscadela. — *Por acaso* o restaurante fica do ladinho da Lore, só isso!

Apesar de aquela ser a melhor das intenções, a sensação que ficou na minha garganta não foi tão boa. Quando passamos em frente à casa de shows, já havia uma fila esperando a abertura dos portões, que só aconteceria horas mais tarde. Ambulantes passavam vendendo água, biscoitos, luzinhas, faixas e camisetas. O carro passou devagar e senti as lágrimas rolarem pela minha bochecha.

Melissa olhou para o lado e me pegou chorando, ainda que eu tentasse disfarçar.

— Ah, Mari, me desculpa, eu...

Funguei e sequei as lágrimas.

— Não, tá tudo bem — falei, embora nada estivesse bem.

Abri um sorriso forçado no rosto e acrescentei:

— Obrigada, eu sei que vocês estão fazendo isso de coração. Mas a gente pode voltar pra casa depois de comer?

Minha irmã assentiu. Ao descermos do táxi, evitamos olhar na direção da Lore. O almoço foi quase silencioso, com um comentário ou outro do meu cunhado, todos pontuais. Eu não conseguia parar de pensar em como gostaria de estar a poucos metros dali, sentindo aquele frio na barriga de expectativa, conhecendo outras pessoas como eu, apaixonadas por aqueles meninos. Outras pessoas que tinham passado por um ano difícil e encontrado refúgio naquelas canções. Não conseguia evitar a vontade de compartilhar aquilo com a Nina e o sentimento de culpa por ter estragado aquele dia não só para mim, mas para minha melhor amiga.

Eu só queria voltar para casa e me encolher no meu cantinho.

Quando o almoço terminou, Mateus se ofereceu para pagar e Melissa me acompanhou até o lado de fora do restaurante.

Foi então que o vi: a mesma covinha que me deu aquela pista preciosa semanas atrás, a mesma camiseta preta com o logotipo da Lore bordado no peito. E, antes que eu pudesse desviar o olhar, ele olhou para mim e sorriu.

— Ei, eu lembro de você!

— Você não vazou a informação! — falou o garoto da covinha, se aproximando e deixando para trás outros dois caras, um pouco mais velhos que ele e também com o uniforme da Lore. — Oi! — completou, acenando para minha irmã.

— Oi — disse Melissa, com um sorriso de canto de boca.

Eu já tinha visto aquela expressão o suficiente ao longo da vida para saber que pensamentos nada inocentes passavam pela cabeça da minha irmã.

— Melissa! — disse ela, se apresentando. — E você é o...?

Ele provavelmente era uns dois anos mais novo que Melissa, e minha irmã era perdidamente apaixonada pelo meu cunhado, mas não estava morta. Ela tinha uma lista de ex-namorados para ninguém botar defeito. Nunca passava mais de um mês solteira.

— Arthur, mas meus amigos me chamam de Tuca — respondeu.

E então me dei conta de que aquela era a primeira vez que ouvia o nome dele, porque no dia do almoço ele não tinha dito.

Melissa me deu uma cutucada.

— Poxa, a Mariana não tinha comentado que tinha um amigo que trabalhava na Lore!

Arthur sorriu triunfante ao descobrir meu nome. Maldita covinha!

— Não deu tempo — respondi, cortando a conversa entre os dois.

Onde estava Mateus quando precisávamos dele?

— Vai ao show hoje, Mariana? — perguntou Arthur, falando meu nome de forma destacada.

Senti seu olhar me analisando. Estava prestes a responder quando minha irmã me deu um cutucão nada discreto e me atropelou nas palavras.

— Ela vai, sim!

Olhei para Melissa, fuzilando-a com o olhar. Precisava mentir para o garoto?

— Eu… — tentei esclarecer, mas Arthur pareceu animado e me interrompeu.

— Ótimo! Anota aí meu número, qualquer coisa você me manda mensagem quando chegar.

— Eu não trouxe…

De repente, Melissa tirou *meu* celular de dentro da bolsa.

— Eu vi que você ia esquecendo — ela disse, dando o celular na minha mão.

Havia uma série de notificações na tela, a bateria estava pela metade, mas ainda era meu celular. Não sabia como Melissa tinha conseguido operar aquele milagre — e muito menos se minha mãe ia perceber —, mas logo salvei o número dele na agenda.

— Legal, a gente se vê mais tarde então — disse ele, com um aceno, voltando ao grupo de colegas.

Mateus surgiu exatamente nesse momento. Atrasado para me salvar do desastre que era a noiva dele.

— Quem era?

— Um amigo da Mariana. Que ela vai ver hoje à noite.

12

— Você perdeu o juízo — falei, assim que nos afastamos de Arthur. — O menino vai achar que eu dei um bolo nele!

— Mas você não vai dar um bolo nele — afirmou minha irmã, convicta.

— Ela não tá falando coisa com coisa — sussurrei para Mateus.

Ele deu de ombros.

— Ei, eu ouvi isso — disse Melissa.

— Ela só quer que você tenha um dia bom — ele respondeu.

Melissa e eu nos amávamos, não havia dúvidas quanto a isso. Só que a diferença de idade entre nós tinha selado, ao longo dos anos, uma distância um pouco difícil de transpor. Ainda que eu soubesse que ela se preocupava comigo, quando éramos mais novas vivemos uma pequena rivalidade entre irmãs; mas eu sentia que, quanto mais Melissa amadurecia, mais tentava se aproximar de mim. Talvez eu fosse a única que ainda erguia barreiras, com medo do que ela poderia encontrar caso se aproximasse demais.

— Todo mundo quer que você tenha um dia bom — destacou minha irmã. — E foi por isso que eu te trouxe pra almoçar.

— E o almoço foi realmente bom, mas…

— … o que você quer é ver o Tempest. Eu sei, todo mundo sabe — completou. — Por isso que fui conversar com a mamãe. Ela exagerou demais nesse castigo.

— E o que ela disse?

— Acho melhor você escutar isso dela.

Minha irmã pegou o celular e colocou no viva-voz. Na tela, vi o nome da minha mãe. Após dois toques, ela atendeu e meu coração ficou apreensivo.

— Mãe? — Melissa chamou, para se certificar que ela estava ouvindo.

— Oi, filha. Algum problema?

— Tem alguém aqui que quer falar com você.

— Mariana?

A voz da minha mãe soava distante e impaciente, e havia um burburinho no fundo. Queria matar minha irmã, que parecia ter tirado mamãe de algum momento com os amigos para incomodar com um assunto que já estava encerrado.

— Oi, mãe…

— Olha, quero que fique bem claro que o que você fez continua sendo errado e não pode se repetir — começou ela, num fôlego só, sem dar tempo para que eu respondesse. — Mas, depois da sua irmã encher a nossa paciência, eu e seu pai repensamos. A gente conversa melhor depois, mas, como você cumpriu o resto do castigo, hoje pode ir no show.

Pela segunda vez no dia, eu seguia em direção à Lore, mas a melancolia havia sido substituída por um misto de emoção e expectativa. Eu não entendia muito bem como minha irmã havia convencido meus pais, mas, assim que desligamos a chamada, minha irmã repassou uma série de recomendações da minha mãe que eu tinha que seguir.

— Mas e a Nina? Eu não posso viver esse momento sem ela — falei, em meio à euforia de saber que eu ia encontrar minha banda favorita.

— E você acha que não pensei em tudo? — rebateu Melissa, dando uma piscadinha.

Ela olhou para a tela do celular e disse:

— Ela estará aqui em... um minuto, de acordo com o GPS.

Pouco depois, como se a vida fosse um filme e minha irmã, a diretora, um carro branco parou ao nosso lado na calçada e Carina desceu. Ela, assim como Gi, estava com a faixa EU ♥ TEMPEST na testa, trazia uma cartolina enrolada debaixo do braço e lançou para mim uma camiseta branca com uma foto dos meninos estampada.

— Como...?

— Sua irmã tem seus próprios métodos — disse Nina, dando de ombros.

— Como você acha que eu conseguia ir a tantos shows quando tinha sua idade? — disse Melissa, dando de ombros. — Filma tudo e me mostra depois!

Eu me sentia em dívida com todo mundo que tinha se envolvido naquela surpresa, mas em especial com minha irmã. Melissa havia me surpreendido.

Finalmente, lá estava eu, em frente à Lore, agarrada ao ingresso, sentindo a mão da Nina suando contra a minha, admirando a fachada iluminada, a fila de adolescentes que já começavam a entrar no lugar. Mais cedo, eu não tinha me permitido ser contagiada pela animação de todos aqueles fãs reunidos, mas agora era diferente. Eu era um deles, e logo estaria cantando as músicas em voz alta, gritando a plenos pulmões e dividindo com outras pessoas o que era mais importante para mim.

Tirei o celular do bolso e fiz um vídeo da fila. Filmei meu próprio rosto, falei algumas coisas para a câmera. Queria deixar o momento registrado. Nina ria da minha cara ao mesmo tempo que parecia fascinada com cada detalhe à nossa frente.

Corremos para a fila — a gente ia tentar se espremer o mais perto possível da grade, ainda que tivéssemos chegado tarde. Havia fãs acampadas ali desde a madrugada, mas não custava tentar. Quando finalmente entramos, procurei Arthur na multidão, mas aparentemente ele não era nenhum dos uniformizados trabalhando naquela noite. Estávamos por conta própria.

Eu me espremi entre as pessoas, tentando avançar. Cortinas pretas cobriam o palco. De onde eu estava, não via muita coisa. Quanto mais eu avançava, mais difícil era continuar. As pessoas pareciam muralhas a serem transpostas, todas com tanta vontade quanto eu de chegar mais perto dos integrantes da banda.

Havia algo mágico em estar cercada de pessoas que compartilhavam a mesma paixão. Ninguém era parecido, talvez os motivos que tivessem levado cada um de nós às músicas do Tempest fossem completamente diferentes, mas, quando colocávamos as mesmas músicas para tocar, nos sentíamos *bem*. Elas nos abraçavam de alguma forma, criavam um vínculo. Ali, eu era só mais uma em meio àquela multidão apaixonada por quatro rapazes que cantavam sobre os nossos amores, dores, sonhos e alegrias.

A vantagem de ser grande era que eu conseguia abrir caminho entre as pessoas e Nina apenas me seguia. Continuei a costurar pela multidão e cheguei o mais perto do palco que consegui — antes de as luzes se apagarem e o salão explodir num frenesi. Todo mundo gritou ao mesmo tempo, empurrando-se mais para a frente, mais para perto. Um som de trovão explodiu das caixas de som, uma luz branca e forte parecendo raios iluminou toda a casa de shows por um milésimo de segundo, fazendo recair sobre o público um silêncio de expectativa, e, de repente, as cortinas se abriram. A balbúrdia voltou. Eu me apressei e saquei o celular do bolso, filmando cada detalhe. Eu não podia deixar nada daquilo passar sem registro. Carina, por outro lado, não conseguia se mexer, perplexa ao ver seus ídolos a poucos metros de distância.

O solo de guitarra que abria o show fez a multidão explodir. Um feixe de luz iluminou Feijó e a gritaria aumentou. Em seguida, o som do baixo fez o holofote mudar de direção: lá estava Toni, os cabelos crespos balançando no mesmo ritmo da música. Eu estava hipnotizada. Os pratos da bateria fizeram um estrondo junto com mais um efeito de luz, como se um raio atingisse todo o público. Num ponto um pouco mais elevado do palco ao fundo, estava Saulo, atrás da bateria. Quase deixei o celular cair, mas consegui recuperá-lo a tempo de não perder o ato final: a voz do Deco cantando à medida que a luz que o iluminava ia aumentando e atingindo a banda inteira ao mesmo tempo.

Atrás deles, um telão mostrava imagens de chuva. A voz do vocalista era potente, mas quase sumia com a altura das vozes das fãs, que cantavam cada uma das palavras com ênfase, colocando todas as emoções na música.

Eu estava feliz, anestesiada, arrepiada e sentia as lágrimas começarem a brotar em meus olhos. Lágrimas de emoção e alegria.

— Boa noite, Niterói! Nós somos o Tempest e essa noite *é de vocês*!

Não posso dizer que fiquei mais calma à medida que o show avançava. Pelo contrário. Eu me acotovelei em meio à multidão para me aproximar cada vez mais e, depois de muito me debater, consegui me esmagar contra a grade.

Eu nunca havia me sentido tão feliz por mal conseguir me mexer.

Estiquei os braços na direção do palco, segurando o celular e tentando continuar a filmar. A banda tocava "Fim de semana", uma das músicas mais animadas do repertório, e o chão tremia. Saulo correu para a frente do palco, tocou na mão de algumas fãs e eu gritei, tentando chamar sua atenção.

O mundo inteiro parou no instante que Deco olhou em minha direção. Ele *não só* tocou a minha mão como pegou meu celular, levou para o palco e continuou cantando, segurando o aparelho. Ele correu pelo palco, filmou a multidão e o restante da banda. Quando a música acabou, ele perguntou:

— Cadê a dona do celular?

A multidão começou a berrar. Todo mundo queria reivindicar a posse do aparelho, mas as meninas que estavam à minha volta começaram a gritar e apontar na minha direção. Entre a grade que separava a multidão e o palco, surgiram dois rapazes com uniforme da Lore. Um deles era o que eu estava procurando mais cedo.

Arthur gritou para mim por cima da multidão alvoroçada:

— Consegue pular?

Olhei para Nina e ela fez um gesto com a cabeça, incentivando que eu fosse em frente. Fiz que não com a cabeça e segurei a mão dela. Quando vi, nós duas estávamos do outro lado da grade, sendo levadas até o palco. Eu não era mais uma espectadora do show da minha banda favorita — eu fazia parte do espetáculo.

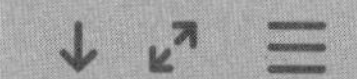

FANDOM.COM

Início › Fóruns › Artistas brasileiros › Tempest

Turnê Tempestade › SHOW EM NITERÓI/RJ › Fãs no palco: quem são???

@_tempestminhavida Cadê as meninas que subiram no palco? Estão entre nós? Apareçam!

@tempestgirl Eu nunca senti tanto ciúme de uma pessoa que nem sei quem é!

↳ *@gihtempestade* uma delas tem um canal onde posta vídeos, gente! já comentou aqui em outro tópico, o user dela é @marinando.

13

A música acabou, mas o êxtase, não. Deco lançou o celular em minha direção e eu o capturei no ar, como se fosse uma atleta talentosa. A adrenalina nos enche de habilidades esquisitas.

Meu coração estava acelerado. Arthur nos acompanhou do palco até as coxias e uma outra pessoa apareceu com garrafas de água. Eu bebi um gole e joguei o resto na cabeça. Não era isso que as estrelas da música faziam? Porque era exatamente assim que eu me sentia. As pessoas também molhavam o rosto para acordar, e eu só podia estar sonhando.

Carina bebeu a garrafa inteira num gole só, incrédula.

Arthur nos olhou, se divertindo.

— Você viu? — perguntei, para ter certeza que aquilo tinha sido real.

— Eu vi! — ele confirmou.

— Obrigada.

— Eu não fiz nada — respondeu. — O Deco roubou seu celular porque quis. Eu só te ajudei a pular a grade.

— Isso rolou mesmo, né? Eu tô acordada e tal?

— Se você estiver dormindo, com o tanto de água que jogou no rosto, talvez tenha feito xixi na cama — respondeu ele, dando risada.

Tentei fingir que estava brava, mas não dava. Estava tudo, menos brava. Eu me sentia extasiada. Já tinha ouvido minha irmã usar aquela palavra algumas vezes, mas nunca tinha me parecido de fato adequada. Até aquele momento. Agora era a única palavra possível para descrever como eu me sentia.

— Quem é esse? — Nina sussurrou no meu ouvido, tentando entender o que estava acontecendo ali.

— Aquele cara que eu te falei — respondi baixinho, para que Arthur não escutasse.

Ela não parecia estar lembrando, mas eu não tinha tempo para explicações mais detalhadas.

— Querem ver o resto do show lá de baixo ou...? — perguntou Arthur para nós duas, mas seu olhar não desgrudava do meu.

— Eu posso ficar aqui? — perguntei.

Ele sorriu, como se esperasse por isso.

— Pode. É mais legal ver das coxias — respondeu.

Era mesmo. Um legal diferente. Dali, eu via a mágica acontecer. Cabos, luzes, pessoas nos bastidores carregando banquinhos para os músicos se sentarem durante as canções acústicas, a correria para deixar água e toalhinhas disponíveis no canto do palco, a engrenagem funcionando para que os quatro brilhassem. Dali, eu sentia que espiava algo particular. Como se aquilo tudo funcionasse apenas para que eu pudesse ser testemunha.

O chão também tinha sua mágica, era apenas outra. Lá embaixo, eu era carregada. Ninguém prestava atenção em mim, porque os olhares de todos estavam voltados para o mesmo lugar. Cantávamos numa só voz, e eu entendia cada grito, cada lágrima, cada esforço de chegar mais perto. Ali, aos pés do palco, cercada de tantas outras pessoas apaixonadas pelo Tempest como eu, eu me dava conta do tamanho daquilo tudo. A comunidade que havia se formado, as histórias que eram cruzadas pela mesma melodia.

Não havia lugar certo para estar ali dentro, desde que eu estivesse *ali*, deixando a música me levar.

Então chegou a última música. Aquela que era *nossa* música, minha e da Nina, que havia marcado nossa amizade no último ano — cada uma em seu canto, enfrentando os próprios desafios, mas sempre juntas.

Busquei a mão dela, que então apertou a minha com força, me puxando para perto. Enquanto a multidão entoava as estrofes em uma só voz, nós éramos, como dizia a canção, duas partes que juntas se tornavam melhor. A gente não sabia como seria o próximo ano, mas a gente sempre ia dar um jeito, independente da distância e das circunstâncias. Porque a amizade é uma partilha entre quem já se completou há muito tempo.

Quando os meninos fizeram uma reverência, despedindo-se do público, e as cortinas se fecharam, fiquei sem saber o que fazer. Arthur, contudo, não parecia disposto a me deixar perdida.

— Vem comigo — disse ele, ao perceber minha confusão.

Nina não perdeu tempo e nos seguiu, ainda segurando minha mão. Ela tremia e suava de ansiedade. Era muito bom dividir aquela experiência com minha melhor amiga, que de fato entendia o significado daquele momento. O Tempest era importante para nós duas, era um elo da nossa amizade que nada poderia quebrar.

A banda passou do nosso lado — *do nosso lado!* —, correndo assim que o show acabou, dando soquinhos em quem estava no backstage, rindo e bebendo água. Eles estavam eufóricos, e eu, paralisada.

Tirei o celular do bolso e fiz alguns cliques dos bastidores. Queria compartilhar cada uma daquelas imagens com todos os fãs, porque tinha passado tempo demais do outro lado, esperando o que outras pessoas tinham para dividir. Tentei ser discreta, mas Arthur percebeu.

— Relaxa, pode tirar foto — garantiu. — Eles são de boa.

Quando Arthur se virou, Nina pulou de animação e deu um gritinho mudo. Assim como eu, ela não queria perder nenhum detalhe e fotografava tudo o que via pela frente.

A bateria do meu celular já estava baixa, mas ainda dava para fazer mais uns vídeos dos bastidores. Eu gravei do chão ao teto, fios, detalhes e até pedi que Arthur desse um tchauzinho.

— *Esse cara* — falei por trás do celular — é quem vocês precisam agradecer por essas imagens exclusivas.

Arthur abaixou a cabeça, um pouco tímido. A covinha estava ali, mais uma vez acentuada.

— Já filmou?

Fiz que sim com a cabeça.

— Então me dá o celular e vem comigo. Prometo que não vou te matar.

— Nos filmes, o cara sempre diz isso antes de matar alguém — disse Nina, desconfiada, erguendo uma sobrancelha.

— Isso aqui é melhor do que um filme, vocês não acham?

Então entreguei o celular nas mãos dele e nossos dedos se tocaram de leve. Senti uma estática, algo que eu não sabia muito bem definir o que era, atravessando nós dois.

Arthur ergueu o celular e começou a gravar, dando instruções pelo caminho:

— Pra direita — indicou, mas eu quase entrei pela esquerda.

Direções não eram exatamente meu forte. Ele riu. Passamos por um corredor estreito e comprido, cheio de portas iguais, caixas de som, cabos, peças e aparelhos que eu não conseguia identificar, vigas de metal, tudo amontoado pelo caminho. Quase tropecei, mas parecia que só eu e Nina estávamos perdidas naquela confusão.

— Tá bem, pra cá — continuou ele. — Agora pra lá. Agora anda até o final. Vira.

O corredor em que entramos tinha dois seguranças, mas Arthur fez um aceno e eles liberaram a passagem.

— Isso, primeira porta — instruiu.

A porta que ele indicou era mais larga que as outras. Pintada de preto, riscada por assinaturas prateadas de cima a baixo. Tinha uma maçaneta grande e convidativa. E, o mais importante de tudo, um papel colado que dizia: TEMPEST.

— Pode abrir.

Minhas mãos tremeram enquanto eu girava a maçaneta.

A água não tinha me despertado; talvez eu precisasse de um beliscão. Ali, à minha frente, jogados nos sofás e cadeiras com toda a tranquilidade do mundo, estavam os meninos do Tempest. Eles nos viram e disseram: "Oi".

Não sei contar em detalhes tudo o que aconteceu naqueles dez minutos que passei dentro do camarim. Eles duraram segundos e ao mesmo tempo pareciam infinitos. Os meninos me puxaram para uma foto. Arthur deu com a língua nos dentes e disse que eu estava filmando tudo do show — então sugeriu que eu entrevistasse os meninos. Mas eu não conseguia, de tão nervosa. Nina também parecia uma estátua, atônita com a proximidade deles. Toni, então, roubou meu celular — meu Deus, *dois* integrantes do Tempest tinham encostado no meu celular na *mesma* noite — e brincou de entrevistar os colegas. As perguntas não faziam sentido, as respostas, menos ainda, mas todos riram. Meu estoque de risadas, que antes estava no negativo, foi renovado para o resto da vida.

Antes que eu fosse embora de vez, Feijó jogou uma palheta na minha direção.

— Pera, pera! — gritou Saulo, meu favorito.

Ele voltou com uma baqueta e duas camisetas. Os meninos assinaram correndo, acostumados àquilo.

— Obrigada — eu disse a Arthur, assim que saímos do camarim. Aquele tinha sido o dia mais feliz do ano. — Nem sei como te agradecer. Te devo uma.

— Pode deixar que vou cobrar — falou apenas para que eu ouvisse.

Alguém o chamou e ele se despediu. Ficamos as duas sozinhas no corredor.

Minha amiga deu um gritinho e nós pulamos, eufóricas, ainda sem acreditar em tudo que tínhamos vivido naquela noite. O dia tinha ido de zero a cem muito rápido.

Foi só quando já estava dentro do carro da mãe de Nina, voltando para casa, que me dei conta de que o celular não estava no meu bolso.

14

— Você *o quê*?!

A voz da minha mãe aumentou alguns decibéis assim que reuni coragem na manhã seguinte e contei o que tinha acontecido.

A mãe da Nina chegou a voltar à Lore para ver se encontrávamos o aparelho, mas sem sucesso. Os seguranças da entrada pensaram que era algum tipo elaborado de golpe para encontrar os meninos da banda, que àquela altura já estavam a caminho do hotel, e impediram que eu entrasse. Também não vi sinal algum do Arthur e não tinha como falar com ele, já que seu número estava no meu celular perdido.

Minha *vida* estava naquele aparelho.

— Eu perdi meu celular — repeti, quase miando.

Quando minha mãe parecia prestes a explodir, meu pai interveio. Ele deu uma série de sugestões para tentarmos recuperar o telefone e, caso desse errado, até o fim do dia, iríamos à delegacia abrir um boletim de ocorrência.

Dona Marta olhou para nós dois, insatisfeita, mas deu-se por vencida.

— Não tinha que ter deixado você ir nesse show — disse,

simplesmente. — Mas, já que não dá pra voltar atrás, se não conseguir recuperar o celular, só vai ter um novo quando puder comprar com o próprio dinheiro. Quem sabe assim você aprende a ter mais cuidado.

Só conseguia pensar em todas as fotos e vídeos do show que estavam na galeria. Já tinha conseguido recuperar muita coisa pelo backup, mas as imagens do show tinham se perdido, porque não estavam salvas na nuvem. Para mim, elas eram o que eu tinha de mais importante. Liguei para a Lore, mas ninguém atendia. Então tive que apelar e mandar mensagem para eles nas redes, na esperança de que alguma alma caridosa tivesse encontrado o aparelho.

Queria passar o dia plantada ao lado do telefone, na esperança de ligarem avisando que tinham encontrado meu celular, mas minha mãe logo cortou a possibilidade.

— Não, senhora, a gente vai pra casa da sua tia — disse ela.

— Mas e se ligarem?

— Daí ligam de novo — rebateu. — Anda, Mariana.

Foi assim que passei a tarde ouvindo minha tia reclamar de dor nas articulações e trocar farpas com meu pai, enquanto comíamos um ensopado insosso. Melissa tinha se livrado daquele programa de domingo, com a desculpa de que tinha marcado algo com Mateus. Aquela era uma das situações que ainda me faziam sentir falta do Carlos Eduardo. Ele era uma boa desculpa para evitar programas chatos em família.

Àquela altura, o término com Cadu já não doía tanto. O que tinha ficado eram as marcas das mentiras que ele, Heloísa e Leandro tinham espalhado, a decepção com alguém em quem eu tinha confiado e aquele aglomerado de coisas que mal sabia nomear, mas não deixava de sentir. Coisas sobre as quais eu sequer conseguia falar. Nele, propriamente, eu pensava bem pouco e, dia após dia, a tristeza ia se convertendo em raiva, prestes a virar indiferença. Só que ali, sentada à mesa com a minha família, eu sentia falta de ter para onde correr.

Não era do Cadu que eu sentia falta, mas de ter companhia. De repente, me dei conta do quanto estava sozinha. Tinha meus pais, mas eles nunca entenderiam o que eu estava vivendo. Minha irmã vibrava em outra frequência, tinha a vida nos trilhos e já estava se formando na faculdade. Minha melhor amiga passava boa parte do tempo incomunicável, com a cara enfiada nos livros.

Quanto mais eu crescia, mais sentia meu mundo se estreitar. Era para ser o contrário. Faltava tão pouco para a maioridade, para o fim do colégio e a tão sonhada liberdade, mas cada vez mais eu queria voltar no tempo, desfazer os acontecimentos e reescrever minha vida. Às vezes eu sentia que amadurecer era colecionar frustrações, mas não queria acreditar nisso. Não podia ser assim.

— Quem diria que elas iam crescer tão rápido, né? — perguntou minha tia, virando-se para meu pai.

Tia Olívia tinha os mesmos traços dele, mas, enquanto ele era baixo e magro, ela era alta e corpulenta. Viviam se bicando, mas eu desconfiava que, no fundo, os irmãos se gostavam. Que nem Melissa e eu.

Dei um sorriso amarelo. Queria que a vida passasse rápido de verdade. Tinha a sensação de que aquele ano duraria para sempre.

— E o vestibular, Mari? Tá estudando muito?

Minha mãe me lançou um olhar torto e respondeu por mim:

— Mais ou menos. Gasta muito tempo com bobagem, preocupada com banda, essas coisas.

— Ah, a Antônia era igualzinha — respondeu minha tia. — Mas agora tá aí, formada em direito!

— Só que, ao contrário de você, a gente não tem dinheiro pra pagar uma boa faculdade pra Mari — completou minha mãe. — Ela vai precisar de uma ótima bolsa ou passar numa pública.

A minha mãe raramente tocava naquele assunto. Embora eu tivesse ciência das expectativas que meus pais depositavam em mim, raramente pensava a respeito. Havia temas que eu preferia ignorar — e estava começando a me perguntar se isso tinha sido uma decisão sábia. Havia ressentimento na voz dela, mas eu também carregava minhas mágoas.

Dei uma garfada na comida e ignorei minha mãe. Tia Olívia captou o clima esquisito e mudou de assunto. Passei o resto da tarde me sentindo meio inútil — e pensando em todas as expectativas que eu tinha que atingir.

Quando entramos em casa, a luz vermelha do telefone fixo estava piscando. Corri para conferir as últimas chamadas perdidas. Havia três, do mesmo número. Naquele momento, agradeci aos céus por sermos a última família do planeta a ter telefone fixo, e com identificador de chamadas, ainda por cima.

— Mãe, você conhece esse número? — gritei, o coração batendo acelerado.

— Liga pra ver quem é — disse meu pai. — Pode ser do negócio do show.

Não queria criar muitas expectativas, mas logo retornei a ligação, ficando mais ansiosa a cada toque. De primeira, ninguém atendeu. Não desisti: apertei o botão da rediscagem e esperei. No quinto toque, uma voz masculina e jovem, um pouco ofegante, atendeu.

— Lore, boa tarde.

15

No domingo, quando ligaram da Lore para avisar que haviam encontrado um celular no camarim com a mesma descrição do meu — com capinha de purpurina e adesivos do Tempest —, disseram que eu só poderia buscá-lo na terça-feira à tarde, já que não abriam às segundas.

Pela primeira vez em semanas, ir ao colégio foi menos sufocante.

— Mariana! — chamou uma menina.

Eu não a conhecia. Ela era bem mais nova do que eu, provavelmente ainda estava no primeiro ano.

— Eu te vi no show — falou. — Meu Deus, como você conseguiu subir no palco?

Logo se formou uma rodinha ao meu redor, algumas meninas e meninos que também tinham ido ao show e queriam saber como foi estar tão perto da banda. Não tinha ninguém da minha turma, nem mesmo do meu ano.

— Eles são perfeitos. Foi o melhor dia da minha vida — falei, com sinceridade.

Conversamos até o sinal tocar, quando eu teria que encarar

mais aulas, o olhar rancoroso de Helô e Cadu e a rotina à qual eu tinha me acostumado. Fugir dela por alguns minutos, falando com gente que tinha dividido o mesmo momento que eu, tornou o dia um pouco mais leve.

Quando cheguei à Lore na tarde de terça, estava tudo deserto. Nada lembrava a efervescência do fim de semana ou a animação no dia da compra dos ingressos. Eu tinha trocado a blusa do uniforme por uma camiseta vermelha e estava sozinha e ansiosa.

Na rua lateral, havia uma pequena porta pintada de preto, como todo o restante da fachada, quase camuflada. Uma câmera de segurança estava pregada acima dela. Toquei o interfone, torcendo para que alguém atendesse logo. Segundos depois, sem que ninguém falasse nada do outro lado, ouvi o estalo mecânico da porta se abrindo e interpretei como um sinal para entrar.

O corredor era parecido com um daqueles que eu tinha visto nos bastidores do show, estreito e pouco iluminado àquela hora do dia. Havia vários equipamentos e coisas que eu não sabia identificar pelo caminho.

Parei ali no meio, sem saber o que fazer. Até que uma das portas se abriu e dela saiu *ele*. O garoto que tinha me colocado no palco e me levado para os bastidores. Não que eu tivesse descartado a possibilidade de encontrá-lo por ali, só tinha imaginado que seria recebida por outra pessoa. Um dos seguranças, ou talvez o cara que falara comigo ao telefone.

Arthur me olhou, erguendo uma das sobrancelhas, como se me analisasse da cabeça aos pés.

— Vai ficar aí esperando?

Eu me empertiguei e o segui pelos corredores mal iluminados da Lore. Na primeira vez que passei por aquele labirinto, reparei pouco ao meu redor. Estava ansiosa porque iria ficar frente a frente com meus ídolos, e quem me guiava era um dos caras mais bonitinhos que haviam cruzado meu caminho nos últimos tempos. O dia fazia aquele espaço perder um pouco da magia, mas ainda me remetia à emoção que eu tinha sentido no sábado à noite.

Arthur abriu outra porta, branca e lisa como o resto, fazendo sinal para eu entrar. Dei de cara com um escritório espremido e entulhado de papéis. A única coisa levemente organizada era a mesa de computador que ocupava o espaço.

Foi só quando ele fechou a porta atrás de si que tive um choque de realidade.

De repente, me senti presa. Eu não conhecia aquele cara. Tudo o que sabia sobre ele era seu primeiro nome e onde trabalhava. Se alguém que eu conhecia havia anos tinha sido capaz de fazer o que tinha feito comigo, como poderia confiar naquele cara?

O ar ficou rarefeito, meu peito foi se apertando e senti as mãos tremerem. Senti ele se aproximar atrás de mim. Tão perto. Pelo canto do olho, o vi esticando a mão e meu corpo ficou tenso. Eu tinha vacilado mais uma vez. Havia deixado minhas defesas caírem e estava vulnerável de novo.

O que quer que acontecesse, seria culpa minha.

Tinha sido burra, muito burra. Meus pais sabiam onde eu estava, mas, naquele momento, éramos apenas eu e ele. E aquela mão no ar.

Ele se aproximou um pouco mais, e eu continuei a me encolher. A mão passou ao meu lado e vi quando pegou um objeto na minha frente.

Meu celular. O aparelho estava na minha cara, mas eu não tinha visto. Dei um suspiro de alívio quando ele disse:

— Aqui, eu dei uma carga nele.

Eu peguei o aparelho que Arthur segurava e me virei em sua direção. Minha mão ainda estava gelada, mas a dele era quente. Ele me olhou e sorriu. Segurei o celular com força e, com a mão livre, apertei a alça da mochila. Queria ter onde me segurar, queria me sentir *segura*. A porta fechada ainda me incomodava, trazendo memórias que eu queria esquecer. A proximidade dele ainda me causava desconforto, apesar do sorriso. Um sorriso lindo.

Os piores sempre se escondiam atrás de belos sorrisos.

Tentei pôr um sorriso em meu próprio rosto. Desbloqueei o aparelho e conferi: estava tudo lá, inclusive os vídeos do show.

— Obrigada — respondi, finalmente.

— A gente tem se cruzado bastante, né? — rebateu ele, parecendo tranquilo.

Eu continuava agarrada à alça da mochila.

— É, acho que temos mesmo.

— Topa tomar um sorvete aqui na esquina?

O convite me pegou desprevenida. Queria me acalmar, queria ir embora. Não era *ele* que me assustava, mas aquela situação, a memória que vinha por estar ali, presa.

Precisava sair daquela sala. Tentei acalmar a respiração. Eu podia acompanhá-lo e ir para casa logo depois. Estaria em público, cercada de gente.

Tentando recuperar o controle, me virei para ele e respondi:

— Eu adoro sorvete.

Longe dos corredores escuros e claustrofóbicos da Lore, fazia um dia bonito. Arthur insistiu em pagar meu sorvete ("Eu que convidei!"), depois que eu já tinha me servido de três bolas e todos os confeitos possíveis. Não conhecia limites quando o assunto era self-service de sorvete.

— E aí, o que achou do show?

— Acho que nem te agradeci direito, né?

— Pelo quê?

— A parada do camarim e, sei lá, todo o resto.

— Você gostou?

— *Se eu gostei?* Foi uma das coisas mais legais que já aconteceram comigo — respondi.

— Tá convidada pra outros shows, se quiser — disse ele.

— Não sei se minha mãe vai me deixar ir a outro tão cedo, depois de quase perder o celular — comentei.

— Quantos anos você tem?

— Dezessete — falei, de repente com vergonha. — E você?

— Dezenove — disse. — Logo você já vai ter idade pra não precisar de permissão.

Olhei para ele e me senti uma criança. Sempre que o encontrava, ele estava com o uniforme do trabalho. Eu ainda frequentava a escola. Era uma diferença de idade pequena, mas assustava. O que me esperava assim que eu terminasse o colégio? Mal sabia o que queria fazer no dia seguinte.

— Relaxa — ele disse, sorrindo. — Eu ainda tenho que pedir mil coisas pros meus pais. Estava só brincando. Não é de uma hora pra outra que a gente vira adulto.

Meus ombros relaxaram. Dei uma colherada no sorvete e perguntei:

— Será que alguém vira adulto de verdade?

— Acho que não. Acho que as pessoas só ficam melhores em fingir.

Arthur e eu conversamos sobre o show, sobre a vida, sobre um monte de coisas. Descobri que ele estava no segundo semestre da faculdade de arquitetura. Queria ter feito música, mas acabou mudando de ideia. Era bom em matemática — meu suplício — e tocava violão.

— Não tenho tantos talentos. Na verdade, não sei muito bem o que quero fazer da vida — confessei.

— Se alguém te disser que sabe, está mentindo. A gente descobre a cada dia. E a vida não é só a faculdade, Mari.

O medo de mais cedo já tinha se dissipado. Foi bom ouvir meu apelido saindo da boca dele. Foi bom conversar com uma pessoa que não sabia quase nada sobre mim. Melhor ainda foi a promessa de que nos falaríamos de novo.

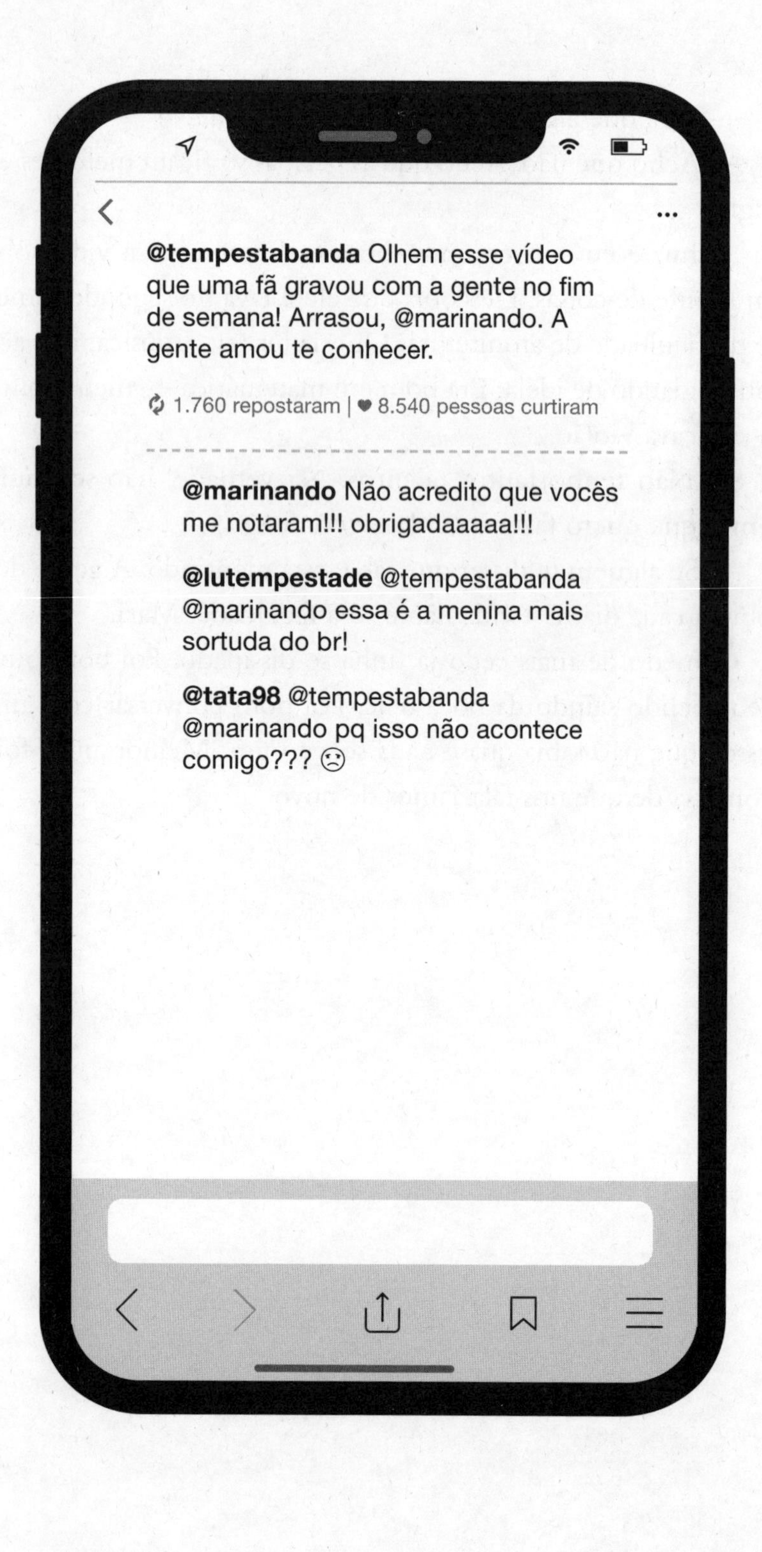
@tempestabanda Olhem esse vídeo que uma fã gravou com a gente no fim de semana! Arrasou, @marinando. A gente amou te conhecer.
1.760 repostaram | 8.540 pessoas curtiram
@marinando Não acredito que vocês me notaram!!! obrigadaaaaa!!!
@lutempestade @tempestabanda @marinando essa é a menina mais sortuda do br!
@tata98 @tempestabanda @marinando pq isso não acontece comigo???

16

Cada vez que eu olhava para o celular, os números aumentavam.

O vídeo tinha apenas um minuto. Quando via as imagens aceleradas, era transportada de novo para o frenesi do show. A minha voz ecoava por cima das filmagens: "Eu conheci a minha banda favorita, subi no palco e entrei no camarim". O vídeo começava com imagens minhas e da Nina entrando na Lore, que logo eram sobrepostas pelos meninos tocando, e em seguida eu mesma estava no palco, ao lado da minha melhor amiga. Tinha encontrado na internet uma filmagem que captava eu e a Nina sendo puxadas para cima pelas mãos do Arthur, e outra com os meninos nos abraçando ao fim da nossa música favorita. Mixei essas imagens com algumas cenas da coxia, acelerei os passos até o camarim e acrescentei as fotos e vídeos que, sem que eu percebesse, Arthur havia registrado em nosso encontro com a banda. As cenas passavam em alta velocidade e transmitiam a adrenalina, a felicidade e a empolgação que senti naquele momento.

Havia centenas de comentários, eu já tinha desistido de ler tudo. Na terça-feira, antes de dormir, eu tinha revisto todas as imagens do show feitas por mim. Cada uma delas me levava de volta àquela noite. Senti na mesma hora a vontade de compartilhar com mais gente, então acabei editando e postando aquele vídeo. Mas não imaginava que atingiria *tanta* gente de uma só vez.

Fechei o aplicativo e silenciei o celular, não sem antes ver a notificação que pipocou na minha tela: *Arthur enviou uma mensagem.*

Arthur tinha mandado a primeira mensagem no segundo que coloquei os pés para fora da sorveteria, e desde então estávamos conversando sem parar. E havia mais de 24 horas que eu sentia um friozinho na barriga a cada notificação dele que aparecia na minha tela.

Mas, em vez de visualizar a mensagem, abri a janela de Nina.

Viu o vídeo que eu postei?

Para a minha surpresa, Nina respondeu rápido.

Por favor, quando você começar a ganhar brindes das marcas, me dá os que não quiser.

Nina me arrancou uma risada no meio daquela ansiedade toda. Respirei fundo e abri a janela do Arthur.

Vi seu vídeo

acredita que uma colega minha até compartilhou?

ela curte o Tempest também

Arthur e eu havíamos trocado mensagens, mas não nossas redes sociais. Claro que eu já tinha dado uma olhada nos perfis dele: com alguns cliques, foi fácil encontrá-lo. Mas a ideia de que ele tinha achado meu vídeo me deixou levemente ansiosa.

Eu sempre deixava meus vídeos públicos, porque não tinham sido feitos para *mim*, e sim para compartilhar com outros fãs como eu me sentia. Mas primeiro a menina na fila do Tempest tinha me reconhecido, e agora o *Arthur* encontrava meu vídeo... Racionalmente, eu sabia que qualquer um poderia ver o que eu postava, mas era estranho lidar com pessoas *conhecidas* que me assistiam.

Eu nem sabia o que responder. Abri meu perfil pessoal e lá encontrei a solicitação: *arthur.toledo pediu para seguir você.*

Sabe o menino do show?

O da covinha?

Ele mesmo

Pediu pra me seguir

Como ele te achou?

Contei em detalhes sobre como ele tinha me ajudado a resgatar o celular, e sobre nossas trocas de mensagens desde então.

Ele é bonitinho. Não faz meu tipo, mas entendo o apelo.

Homens não fazem o seu tipo

Ainda assim, posso avaliar a beleza.

E ele é legal, colocou a gente dentro do show.

Aceita ele, boba.

Mas... e se ele acabar sabendo mais sobre mim?

Se começar a ver minhas fotos antigas e resolver procurar?

Eu já apaguei todas com o Cadu, mas... sei lá, não quero ter que me explicar

Mari, não viaja!

Não tem como saber nada que rolou só de olhar seu perfil.

E, mesmo se tivesse...

É só você contar o que aconteceu de verdade.

E se ele não acreditar?

Os três pontinhos que indicavam que Nina estava digitando uma resposta surgiam e sumiam sem parar.

Ele não tem motivos pra isso.

Mas se acontecer... é você se livrando de quem não merece a melhor pessoa que eu tenho a sorte de conhecer.

Respirei fundo. Mesmo com o encorajamento de Nina, ainda demorei um pouco a aceitar a solicitação — e deixar que Arthur entrasse na parte privada da minha vida on-line.

17

O mundo não explodiu depois que aceitei a solicitação do Arthur. Tudo continuou igual, inclusive nossas trocas de mensagens. A única coisa diferente foi que recebi várias curtidas dele nas minhas últimas publicações.

Eu estava sentada, sozinha no intervalo entre as aulas, e escolhi uma foto minha no dia do show para postar. Nina, que sempre teve habilidade para fotografia, conseguiu o clique perfeito — era uma mistura de luzes azuis e sombra, eu usava uma camiseta com o nome da banda e meu tênis colorido estava em primeiro plano. Eu estava linda e sabia disso, por isso cliquei em publicar. Arthur foi um dos primeiros a curtir, só perdeu em velocidade para Bernardo.

Bernardo. Tinha até me esquecido dele e do convite que ele tinha feito.

De repente, ele se materializou mais uma vez à minha frente, como se evocado pelo meu pensamento.

— Vi que você foi no show — comentou. — Maneira a foto que você postou.

— Obra da Nina — respondi. — Ela manda bem demais com fotografia.

— E como ela tá?

— Estudando praticamente vinte e quatro horas por dia. Mas não foi isso que você veio perguntar, né?

— Que isso, eu só tava jogando conversa fora...

Dei um risinho. Não era muito íntima do Bernardo, mas o conhecia bem o suficiente para saber que por trás do seu papo sempre tinha uma intenção oculta.

— Pensou na possibilidade de dar um rolê comigo?

— Rolê de amigos, né?

— Se for só isso que você quiser...

Eu não sabia o que queria. Bernardo era bonito, sem dúvidas. Era simpático também. Às vezes eu me perguntava se ele estava vindo falar comigo apenas por caridade, já que desde a volta às aulas eu andava sozinha pelos cantos. Só que Bernardo não parecia do tipo que agia por pena.

— Tá passando um filme que parece legal — insistiu.

— Lutinha?

— Muita lutinha — respondeu, se encolhendo um pouco, pensando que talvez isso me desanimasse.

— Eu amo filme de lutinha — respondi, e ele sorriu.

Voltei para a sala de aula com um cinema marcado pro fim de semana.

Na hora de estudar, nada me relaxava e me inspirava mais do que assistir a vídeos curtos de outras pessoas estudando.

Sempre que voltava da escola, enquanto separava o material para mais uma tarde intensa de estudos para o Enem, eu colocava para rodar vídeos de dicas de estudos ou aqueles que eram apenas um registro acelerado da pessoa estudando ao som de uma musiquinha relaxante.

No entanto, não conseguia me concentrar nos vídeos com a bolinha vermelha de notificações no canto da tela indicando todas as reações ao que eu tinha postado sobre o Tempest no fim de semana.

Venci a curiosidade e olhei os comentários. O negócio tinha saído do controle. Eu havia postado outros vídeos curtos do show, algumas curiosidades sobre as músicas e coisas do tipo, mas o vídeo mais visualizado continuava sendo aquele que os meninos compartilharam. Ainda assim, as visualizações e comentários dos outros vídeos também estavam expressivos demais para alguém que poucos dias antes tinha meia dúzia de seguidores.

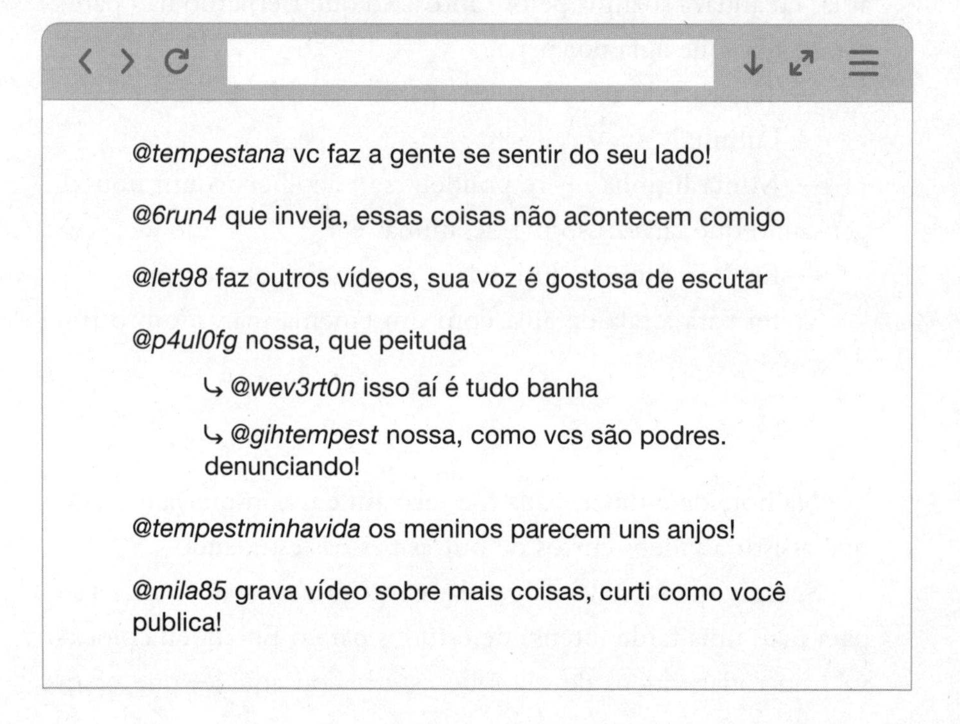

Havia comentários de todos os tipos, mas, para mim, os negativos se destacavam. Ainda assim, fiquei feliz em ver pessoas me defendendo. Com tudo que tinha acontecido nos últimos meses, eu não estava acostumada a ser defendida. E tinha pessoas pedindo mais! Não só mais vídeos sobre o Tempest: mais vídeos *no geral*.

Olhei para os cadernos à minha frente, pensando em todas aquelas coisas que eu precisava estudar durante a tarde e na matéria que precisava colocar em dia. Pensei nos vídeos aos quais eu mesma gostava de assistir, como me fazia bem ver outras pessoas estudando ou dando dicas.

Posicionei o celular à altura adequada, acendi uma luminária e comecei a estudar, registrando o momento.

Pela primeira vez em muito tempo, eu não me sentia tão solitária. Havia algo meu que as pessoas queriam ver — e isso era muito mais do que eu tinha me acostumado a receber.

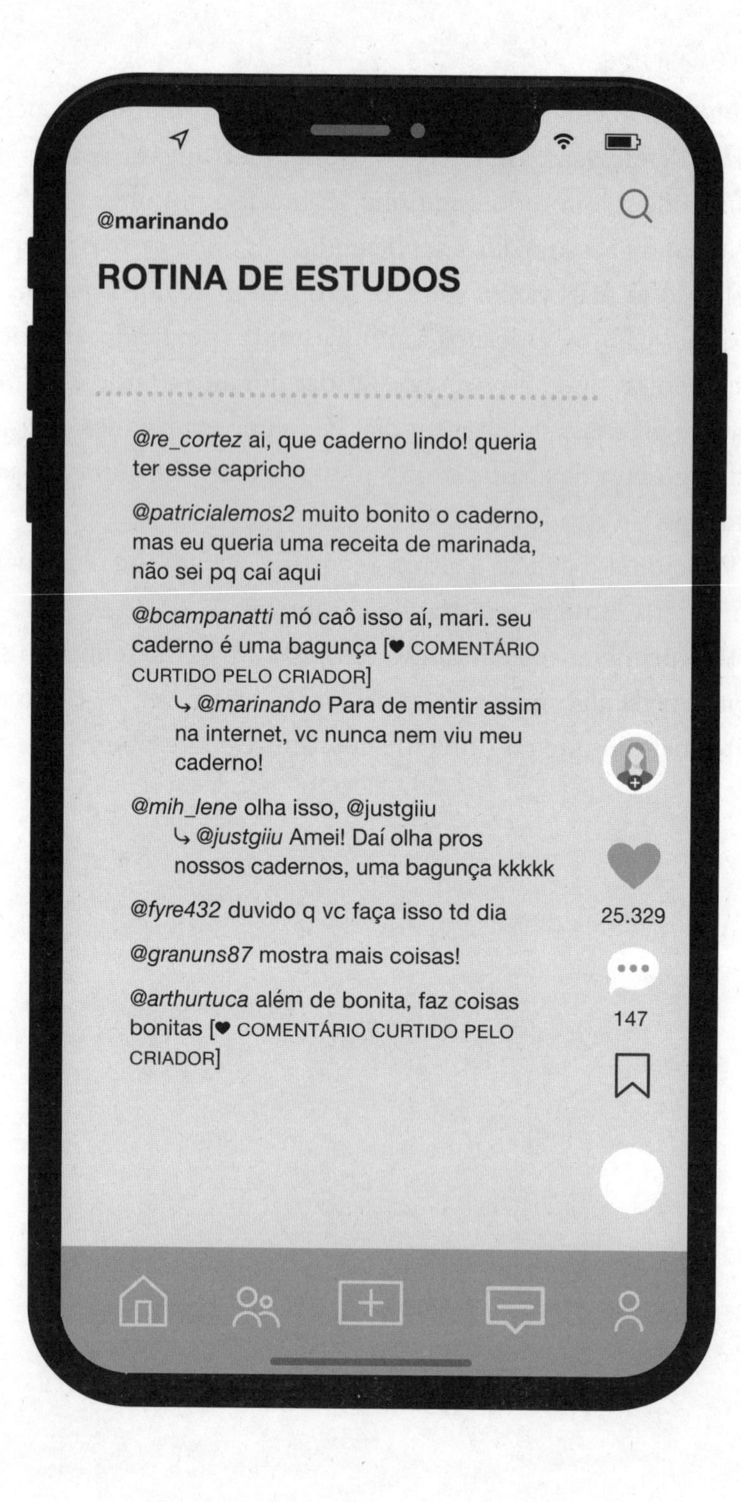
@marinando
ROTINA DE ESTUDOS
@re_cortez ai, que caderno lindo! queria ter esse capricho
@patricialemos2 muito bonito o caderno, mas eu queria uma receita de marinada, não sei pq caí aqui
@bcampanatti mó caô isso aí, mari. seu caderno é uma bagunça [♥ COMENTÁRIO CURTIDO PELO CRIADOR]
↳ @marinando Para de mentir assim na internet, vc nunca nem viu meu caderno!
@mih_lene olha isso, @justgiiu
↳ @justgiiu Amei! Daí olha pros nossos cadernos, uma bagunça kkkkk
@fyre432 duvido q vc faça isso td dia
@granuns87 mostra mais coisas!
@arthurtuca além de bonita, faz coisas bonitas [♥ COMENTÁRIO CURTIDO PELO CRIADOR]
25.329
147

18

Com a chegada de setembro, o Enem e o vestibular estadual ficavam cada dia mais próximos. Ao completar minha inscrição, meses antes, foi preciso marcar que curso eu queria fazer. Escolhi direito, mas sem convicção alguma, só porque eu sentia que seria a opção que deixaria meu pai feliz. Só que, àquela altura do ano, sem conseguir me concentrar em aula alguma, já tinha descartado totalmente a possibilidade de ser aprovada no vestibular estadual e nem sequer considerava seguir aquela carreira. Faria a prova só para cumprir tabela. Minha única esperança, portanto, era o Enem.

A escola começou a reservar as manhãs de sábado para simulados desgastantes, além das tardes para revisões de conteúdo. Se já era um terror ficar tanto tempo na escola antes, aquela nova rotina tornava tudo ainda mais intragável.

O que estava me segurando era que, entre um intervalo e outro, aproveitava para dar uma olhadinha nas mensagens que Arthur me mandava. Se ele via algo engraçado na internet, me encaminhava. Se cruzava com algo inusitado na rua, tirava foto. Aquelas mensagens eram minha pequena distração na rotina que me sugava cada vez mais.

Assim que o sinal tocou depois de uma aula que estava consumindo todos os meus neurônios, saquei o celular do bolso e digitei uma mensagem:

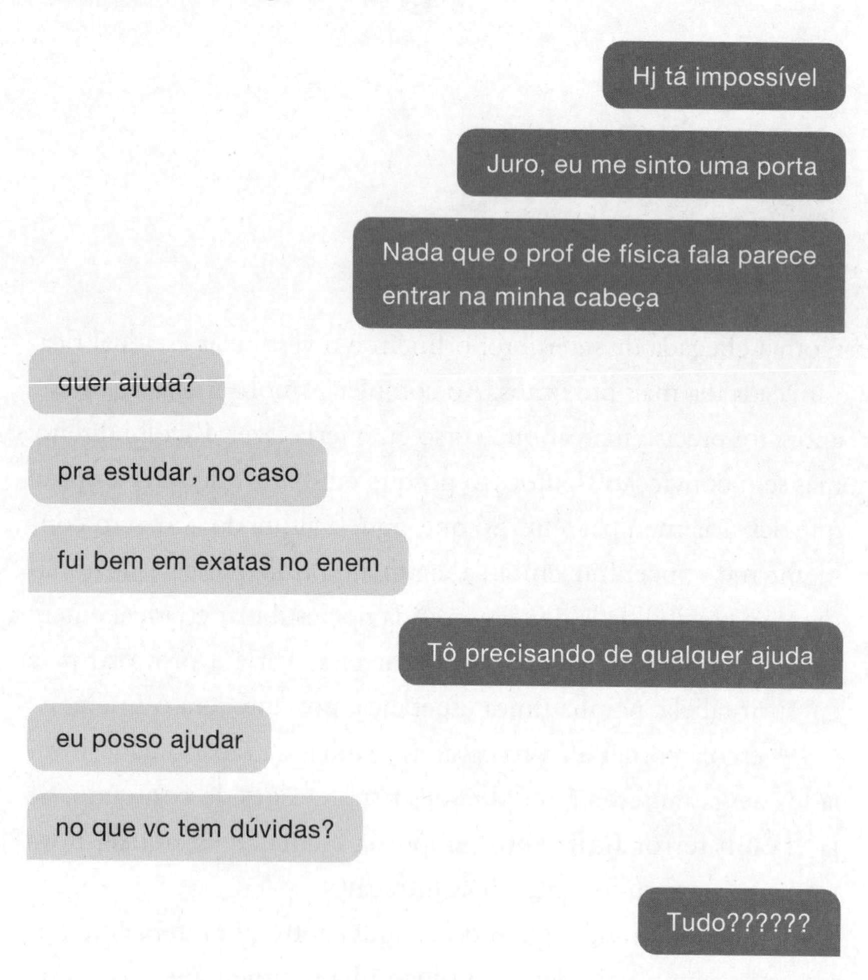

Já estava prestes a digitar outra mensagem quando ouvi:

— Rindo sozinha, Mariana?

Olhei para cima e lá estava ele, o especialista em aparecer do nada: Bernardo. Guardei o celular no bolso e decidi deixar o pedido de socorro para depois. Sempre que Bernardo falava comigo, eu sentia mais olhares em cima de mim do que o normal. Minha imaginação fértil já conseguia prever o que cada olhar significava: "Olha lá ela se jogando em cima de mais um", "por que ele tá falando logo com ela?" ou qualquer coisa parecida.

— Seguinte — ele disse, ao se deparar com meu silêncio —, vim te chamar pra tomar um açaí depois da aula. Dessa vez não aceito "não" como resposta.

Bernardo não desistia fácil. No dia que combinamos de ir ao cinema, mudei de ideia em cima da hora e inventei uma desculpa qualquer.

O problema não era ele. Eu adoraria sair com Bernardo, só que não era tão simples assim. Tinha medo. Não dele, mas das pessoas.

— Pode ser amanhã? — perguntei, já imaginando qual seria a desculpa que daria no dia seguinte quando ele me cobrasse. — Hoje eu não trouxe dinheiro.

— Eu tô convidando, eu pago.

Hesitei. Não queria dever favor a ninguém na escola, mas Bernardo tinha sido o único a conversar comigo naquele período tenebroso. Ele sentiu minha dúvida e continuou:

— Desculpa por insistir tanto... Tudo bem se você não quiser, vou entender. É a última vez que eu chamo, não quero ser chato. É só que... Você é tão legal, Mari. A gente não se fala tanto aqui na escola, mas eu tenho assistido aos seus vídeos, sabe? E suas ideias fazem falta na comissão de formatura, aquele povo não sabe nada, e tô me incluindo nessa. É só um açaí entre amigos, sem segundas intenções.

Só que naquele instante me dei conta de que eu queria, sim,

as segundas intenções dele. O que me impedia de aceitar qualquer convite dele não era desinteresse, mas medo de reviver o que, pouco a pouco, começava a ficar para trás. Tudo que tinha encarado depois da história do Leo e do Cadu cair na boca do mundo.

Então a insegurança voltou. E se Bernardo estivesse convidando *aquela* Mariana para sair? A Mariana dos boatos, a Mariana que não só tinha traído o namorado com o melhor amigo dele como supostamente tinha ido para cama com ele. Logo eu, que era tão virgem que chegava a dar dó.

"É só entre amigos, sem segundas intenções." Talvez fosse verdade. Mesmo depois de a fofoca ter explodido, Bernardo continuou me tratando como sempre. Ele era o único a lamentar minha saída da comissão de formatura. Se tinha alguém naquela escola que merecia um voto de confiança da minha parte, talvez fosse ele. *Talvez.*

— Tá bem — concordei, com medo de me arrepender em seguida. — Mas tem certeza que dá pra você pagar?

— Olha, minha mãe sempre disse que quem convida paga a conta — respondeu. — É só um açaí, tá de boa. Não tô tentando bancar o macho alfa nem nada, tá?

Eu ri da preocupação dele.

— É porque eu te vejo pelos cantos do colégio, sempre tão quietinha — continuou. — Sei lá, você é legal, Mari. Mesmo, *mesmo*. Um açaí por minha conta e eu paro de te perturbar.

— Você não perturba, é só...

Medo, a palavra ficou na minha mente, mas eu não falei.

— Eu entendo — disse, e naquele instante percebi que ele de fato entendia. — Eu tenho uma irmã. Chata pra caramba, mas que eu amo demais. Se algo assim acontecesse com ela, eu ia ficar bolado se a tratassem como tratam você.

Imaginei Iasmin, a irmã dele — uma aluna do segundo ano magrela, alta, espevitada, de cabelos coloridos — passando por algo parecido, mas era difícil pensar nela levando desaforo para casa. Ela com certeza reagiria diferente de mim.

— Então você só tá me tratando bem porque não queria que fizessem igual com a sua irmã?

Ele pareceu confuso e atrapalhado, e logo se corrigiu:

— Não foi isso que eu quis dizer. Me desculpa, não sei falar direito... É só que você sempre foi legal com todo mundo, não vejo motivos para estarem fingindo que você não existe. Ninguém cometeu nenhum crime.

Não que você saiba, pensei, mas, em vez disso, falei:

— Obrigada — porque era assim que eu me sentia.

Agradecida. Agradecida porque alguém naquele lugar ainda me via como uma pessoa digna de *alguma* consideração.

— Mas antes de aceitar, preciso saber: você tem alguma coisa contra leite em pó no açaí?

Nós nos sentamos à mesa na frente da lanchonete. Bernardo encheu um copo de meio litro do jeito mais errado possível: colocando apenas granola e banana como cobertura. Todo mundo sabia que o jeito certo de comer açaí era meio a meio, com cobertura de leite condensado, paçoca, leite em pó e amendoim — a não ser que fosse aquele açaí fresquinho que eu tinha provado no Pará com a minha família, que se comia com peixe e farinha d'água.

Meu celular vibrava no bolso, notificando novas mensagens. A conversa com Bernardo fluía, mas a curiosidade de conferir o que Arthur estava me mandando era alta — eu sabia que era ele, porque Nina só conversava comigo à noite e, se fosse minha mãe, ela já teria ligado aproximadamente trinta vezes.

— Você gosta mesmo de granola ou tá só tentando impressionar? — perguntei.

— Eu acho que ninguém impressiona comendo granola.

— Verdade.

— Eu tenho gostos peculiares…

Quando Bernardo começou a listar o que gostava de comer, granola no açaí estava entre as escolhas menos controversas.

— Eu não acredito que você não gosta de sorvete com batata frita — disse, revoltada, assim que fui listar *minhas* peculiaridades e ele me encarou como se eu tivesse um parafuso a menos.

Bernardo raspou o copão de açaí e se defendeu:

— Nem falei nada! Só estranhei.

— Eu vou te fazer provar um dia — prometi. — Você vai ver como é gostoso.

Ele me olhou com uma cara engraçada.

— Por que deixar pra amanhã o que se pode fazer hoje?

Então, apontou para a lanchonete do outro lado da rua, que vendia sorvete e batata frita.

Bernardo lambeu os dedos depois de devorar a última batata. Ele me olhou e respondeu:

— Infelizmente, você continua errada. Isso é esquisito demais.

Apenas dei de ombros; ele não sabia o que estava perdendo. Sorvete com batata frita era uma das melhores combinações da culinária universal. Ia dizer mais alguma coisa em defesa do meu paladar, mas Bernardo sujou o dedo de sorvete e passou em cima do meu nariz.

Foi tudo muito rápido: num segundo, eu limpei a ponta do meu nariz, no seguinte, nossos rostos chegaram perto, muito perto... e eu troquei o primeiro beijo em muitos anos com alguém que não era o Cadu.

19

Carlos Eduardo foi meu primeiro namorado, mas não a primeira pessoa que beijei. Meu primeiro beijo foi com um menino nos fundos do clube em que eu fazia natação — e, apesar de sempre vê-lo na piscina, eu tinha a ligeira impressão de que a única água que os cabelos dele conheciam era a clarificada, porque ele sempre chegava nas aulas com o cabelo ensebado e grudando na testa. Depois de beijar mais algumas bocas jogando "Verdade ou consequência", acabei me aproximando do Cadu e começamos a namorar.

Fazia quase três anos que o beijo dele era o único que eu conhecia.

A não ser por aquele dia...

Não, não queria pensar naquilo. Cadu era o último cara que eu tinha beijado de verdade, *por minha vontade*. E então veio o Bernardo — e foi esquisito.

Não que ele beijasse mal, nem tivesse feito algo que não devia, pelo contrário. Eu queria beijá-lo. Não havia nada necessariamente errado, mas, quando nossas bocas se tocaram, foi *esquisito*. Memórias que eu não queria me invadiram, senti um gosto amargo de tristeza e culpa. Meu cérebro me levava para um lugar não tão distante assim, para um dia que eu gostaria de apagar. Não era aquilo que eu deveria sentir ao beijar alguém, mas de repente fiquei com medo de que fosse me sentir assim para sempre.

Não fui a única que sentiu o desencaixe. Quando o beijo acabou, nós dois nos olhamos e simplesmente sabíamos que tinha sido esquisito e que aquele limite não seria ultrapassado outra vez.

— Foi bom sair com você, Mari — ele disse, ao me deixar na porta do prédio.

E tinha sido — era bom conversar com Bernardo fora dos muros da escola. Mas só isso, nada mais.

— Obrigada pela tarde de hoje, Bê — falei.

— De nada. Eu que agradeço por você topar. Sabe que pode contar comigo pro que precisar, né?

Eu assenti. Ele fazia com que eu me sentisse normal, por perceber que eu podia — e merecia — ser tratada com gentileza, independente do que eu tinha a oferecer. Nós nos beijamos e isso não iria se repetir. E estava tudo bem. Na verdade, era ótimo conseguirmos perceber esse limite.

Ele me deu um tchau à distância e eu acenei de volta.

Entrei no prédio e peguei o celular do bolso. Havia algumas notificações na tela. Duas eram mensagens de Nina que podiam esperar, mas havia várias de Arthur. Fotos da lousa da faculdade. Mensagens reclamando do tédio no trabalho. Um meme engraçadinho. E todas elas me fizeram sorrir.

De repente senti que talvez eu não *precisasse* me sentir daquele jeito deslocado para sempre.

Na última mensagem, ele dizia:

tava pensando no que vc disse sobre exatas

Uau, bom demais ser lembrada por ser burra

vc ñ é burra

só tem uma inteligência diferenciada kkkk

Gostei dessa

Vou usar

não, mas sério

não é pq vc é ruim com números que é burra

eu sou horrível com português, por ex

tá bem, vou acreditar

mas o q vc tava pensando?

então, eu tinha dito que podia te ajudar a estudar pra prova, né eu fiz ano passado, então tá tudo fresco na cabeça

só q a gente n disse quando ia estudar

vc tá livre sábado?

Tenho simulado

Só fico livre à tarde

Vc não pode, né?

Nós conversávamos todos os dias, mas como o ritmo das aulas tinha se intensificado no início de setembro, eu não tinha visto Arthur desde o dia que ele me devolveu o celular.

posso sim

não vou trabalhar sábado à tarde

o que acha de me encontrar depois do colégio?

Mais que depressa, respondi:

Combinado

Nina estava chocada. Às quartas-feiras, ela saía mais cedo da escola — o que significava seis da tarde, em vez de oito da noite —, então, quando mandei mensagem contando o que tinha acontecido com Bernardo, ela simplesmente saiu correndo da escola e veio parar na minha porta.

Estávamos com a televisão ligada no quarto, deixando rolar um filme qualquer, e jogando conversa fora. Eu estava com saudades de fazer *nada* ao lado da minha melhor amiga, poder conversar sobre coisas banais. Como um beijo que não tinha significado grande coisa.

— Só não encaixou, sabe? — falei.

Ela estava fazendo carinho no meu cabelo enquanto eu contava a história.

— Você não acha que tá com medo? — perguntou Nina.

— De quê? — rebati.

Nina parou o cafuné, se ajeitou na cama e tocou num assunto que costumávamos evitar.

— Mari, eu sei que você não fala muito sobre isso, mas também sei que aquilo que o Leo fez... e como o próprio Cadu reagiu... enfim, tudo, até a facada nas costas que você levou da Helô, o que veio depois... tudo isso acabou te deixando com medo.

Ela abaixou o tom de voz e fez a pergunta que eu estava tentando evitar:

— Quando beijou o Bernardo, você lembrou do que aconteceu com o Leo?

Respirei fundo. Eu tinha lembrado, mas não quis deixar aquelas imagens me dominarem. Não quis sentir as mãos do Leo me segurando, impedindo que eu me soltasse. Não quis lembrar o gosto da boca dele se forçando contra a minha e nem de como foi preciso reunir forças para empurrá-lo para longe e correr, correr até chegar em casa, onde passei quase uma hora no chuveiro esperando que a água levasse para longe aquela sensação de que havia algo sujo e errado comigo. Que ele tinha se sentido no direito de me beijar porque talvez eu tivesse falado algo sugestivo, porque talvez eu tivesse passado a impressão de que queria o mesmo que ele.

Não quis me deixar ser dominada pela lembrança de encontrar Cadu no dia seguinte e não conseguir contar o que aconteceu. De ficar sem palavras, esconder a história e então ver que ela tinha chegado ao Cadu de forma distorcida.

Acho que a pior parte era sentir que ninguém estava disposto a me ouvir. Nem mesmo Heloísa, que eu considerava uma das minhas melhores amigas — até descobrir que ela não era. Helô tinha sido rápida em acolher Cadu e perdoar Leo, mas nunca chegou a perguntar pela minha versão da história. Também não me dei ao trabalho de falar para quem não queria me escutar. Nina era a única que sabia de tudo, e jamais soltou minha mão.

— No começo, sim — confessei. — Mas não foi por isso que não rolou. Eu até cheguei a cogitar isso, só que levou uns dois segundos pra me dar conta de que o problema não era o beijo, nem o que aconteceu comigo antes. Eu só... não sinto nada por ele, nada além de achar um cara legal.

— Acontece — disse Nina, dando de ombros. — Uma pena, porque ele parece mesmo legal.

— Você mal conversava com ele no colégio, Nina.

— Só de não ter caído no papo imbecil do Cadu e do Leo, como metade daquele colégio caiu, inclusive aquela que você achava que era sua amigona e agora tá lá se agarrando com seu ex, ele já subiu horrores no meu conceito.

Era um bom argumento. Carina nunca tinha gostado muito da Heloísa, e vice-versa, as duas só se aturavam por minha causa. Por um tempo achei que fosse ciúme, mas logo percebi que Nina tinha motivos concretos para não simpatizar com Helô, que soltava comentários homofóbicos sempre que tinha chance, alguns bem disfarçados, mas outros não tão sutis assim. Carina, que não tinha o menor problema em admitir que gostava de meninas, sentia cada um daqueles comentários na pele.

Quando olhava para trás, eu me dava conta de quantas vezes tinha me calado diante dos absurdos que Helô dizia. Eu fugia de conflitos, e por isso não abria a boca para defender as pessoas que amava, as coisas em que acreditava e, no fim, nem a mim mesma.

— Ela não é amiga de ninguém — falei, triste.

Por mais que as outras coisas doessem, perceber que havia dedicado meu tempo a uma suposta amizade que nunca tinha sido das melhores — além de ter falhado como amiga da pessoa que nunca hesitava em me defender — era uma das coisas que mais doíam.

Nina ia dizer alguma coisa, mas fui mais rápida:

— Tudo girava sempre em torno dela, ela nunca se importava com os sentimentos dos outros. E eu sei que ela magoou muito você, ela falava cada besteira... Nossa, só queria me desculpar por ter deixado essas coisas passarem.

— Já passou, Mari — respondeu Nina, visivelmente cansada ao lembrar de tudo que teve de aguentar. — Não vou mentir dizendo que eu não queria que você percebesse todas as vezes que a Helô foi uma escrota, mas é muito difícil reagir quando alguém que a gente tá tentando impressionar fala uma coisa de que a gente discorda. E a questão é que você sempre queria impressionar a Helô. E acho que eu também, porque, no fundo, às vezes eu queria que ela gostasse de mim. Que ela quisesse ser minha amiga, sabe? Mas nossa... nem faz sentido querer ser amiga dela, a gente não tem nada a ver. E você já esteve comigo e me defendeu em outros momentos, não quero ficar revirando o que já passou. E isso era questão minha, não sua.

Dei um abraço apertado na minha amiga.

— Você sempre pode compartilhar seus incômodos comigo, tá? Obrigada por me deixar compartilhar os meus com você.

— Eu sei, Mari. Uma pela outra?

— Sempre!

Meu celular vibrou e Nina olhou para as notificações na tela. Mais mensagens do Arthur.

— Ah, agora eu entendi por que você não gostou do beijo do Bernardo...

Bloqueei a tela e mostrei a língua pra ela. Mas talvez um certo garoto de covinha estivesse ocupando mais espaço na minha mente do que deveria.

@marinando

CINCO DICAS PARA RECONHECER UMA AMIZADE VERDADEIRA

Um: Amigos de verdade escutam a gente. Se sua amiga só fala dela e não dá bola quando você conta as suas coisas, talvez ela não seja tão sua amiga assim.

Dois: Você não precisa impressionar seus amigos. Eles vão gostar de você do jeito que você é. Ninguém tem que fazer esforço pra caber nos lugares.

Três: Amigos de verdade pedem desculpas. A gente vai vacilar às vezes, mas uma amizade verdadeira sabe reconhecer quando erra e acerta. E sabe dizer isso!

Quatro: Bons amigos puxam sua orelha. Se você fez algo que não é legal, a pessoa vai te dizer na cara, com jeitinho.

Cinco: Uma amizade verdadeira é aquela em que você se sente bem e sabe que a pessoa se sente do mesmo jeito.

Às vezes a gente tem só um amigo de verdade, mas isso não importa. O melhor é saber que vocês estão ali um pelo outro.

15.076

234

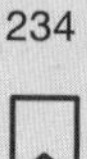

@ninasouto1 Você é minha amiga de verdade. Te amo

@pilaroliveira amigos tão aí pra isso

@juhtempest @tempestminhavida amiga, vc é isso pra mim

@gracatorres67 estava procurando receita de marinada de peixe, não sei pq apareceu isso aqui, mas gostei! Bom ver jovens valorizando os amigos

20

Minhas manhãs de sábado foram sugadas pelos simulados, que supostamente deveriam preparar para o Enem, mas só serviam para me deixar exausta. Aquela rotina intensa de estudos era fora da curva. Sempre fui de prestar atenção nas aulas, mas não era muito fã de estudar quando chegava em casa. Fazia a maioria das provas na sorte. Agora, o ritmo de estudos que o último ano do ensino médio exigia estava me enlouquecendo cada dia mais.

Quando cheguei à escola naquele sábado, o pátio estava ocupado por alunos das três turmas do terceiro ano, todos à espera do início do simulado. Cheguei já morrendo de vontade de ir embora, porque tinha combinado de encontrar Arthur à tarde. Assim que atravessei o portão, por onde eu passava ouvia cochichos indistinguíveis.

Eu tinha aprendido a interpretar os olhares. Depois da história envolvendo Cadu e Leo, era praticamente impossível não saber quando o burburinho era sobre mim. Só que eu não fazia a mínima ideia do que tinha acontecido dessa vez.

Uma menina de outra turma, negra, baixinha e de tranças, sorriu e acenou para mim. Ela tinha entrado naquele ano na escola, então nunca tínhamos nos falado, mas já a tinha visto algumas vezes pelos corredores. Sem entender, sorri e acenei de volta. Um grupo de amigos passou por mim e deu oi, depois saíram dando risinhos e cochichando entre si.

Olhei para a minha blusa pra conferir se estava suja ou do avesso. Cheirei debaixo do meu braço discretamente por precaução, mas eu me lembrava de ter passado desodorante naquela manhã. Nada. Tirei o celular do bolso para conferir se havia algo diferente na minha cara, mas, antes que eu pudesse fazer isso, Bernardo se aproximou de mim.

Guardei o celular.

— E aí, pronta pro simulado?

Seu tom de voz era amigável, como todos os dias desde que descobrimos que nos beijar era uma péssima ideia.

— Sendo sincera? Eu não aguento mais simulado, essas coisas. Tô *por aqui* — falei, colocando a mão na testa — disso tudo. Eu *nem sei* o que quero fazer na faculdade, parece que tudo que estou estudando é meio... inútil.

— Ah, agora você é uma influenciadora famosa, então talvez nem precise ir pra faculdade — respondeu ele, animado.

Eu franzi a testa, confusa. *Influenciadora famosa?*

Eu era tudo, menos famosa. No dia que o Tempest compartilhou meu vídeo, bastante gente começou a me seguir, mas eu estava longe de ser realmente conhecida.

Bernardo tirou o celular do bolso, deu alguns toques na tela e mostrou o aparelho para mim.

Lá estava meu perfil. Eu reconhecia a foto, as últimas publicações e até meu nome de usuário. Ainda assim, não *parecia* meu perfil.

Porque, da noite para o dia, eu tinha ganhado mais de cinquenta mil seguidores. E meu último vídeo aparentemente tinha viralizado.

Antes que eu pudesse expressar qualquer reação, o sinal tocou.

Meu celular estava no "não perturbe" desde a noite anterior, porque eu precisava me concentrar em repassar toda a matéria para o simulado, afinal não tinha me saído tão bem no último. Quando acordei, só corri para a escola para sobreviver a mais um sábado.

Depois do que Bernardo me mostrou, fiquei louca para pegar o celular e descobrir o que raios tinha acontecido, mas precisava fazer a prova. Obviamente, passei o tempo inteiro tentando descobrir *como* aquelas pessoas tinham vindo até mim e não reuni um pingo de concentração. O que tinha acontecido de um dia pro outro?

Fui a primeira a devolver o simulado com a certeza de que ia me dar mal em todas as questões, mas não aguentava ficar um segundo além do obrigatório dentro daquela sala. Saquei o celular, desativei o "não perturbe" e o aparelho chegou a travar com tantas notificações que pipocaram na minha tela ao mesmo tempo.

Só consegui ler uma delas:

Nina Souto: Não abra as redes sociais. Você viralizou.

21

Nunca fui boa em seguir conselhos, então *óbvio* que abri as notificações e fiquei totalmente presa nelas. No dia que os meninos do Tempest compartilharam o vídeo, experimentei um gostinho do que era ter um vídeo que explodia de repente, mas aquilo... era completamente diferente.

Não fazia a menor ideia de como o vídeo tinha chegado até Laísa Sousa, uma das atrizes mais famosas do Brasil. Ela tinha começado a carreira ainda criança apresentando *game shows* com sorteios de prêmios, desses com desenhos animados entre um bloco e outro, mas logo perceberam que aquele formato era pequeno demais para ela — desde então, ela tinha ganhado o próprio programa de entrevistas, estrelado algumas novelas e estava dando um passo a mais para os cinemas. Ela era gigante na internet, já tinha até se arriscado como cantora e feito campanhas internacionais.

E não só tinha assistido ao meu vídeo e comentado, como também compartilhado em todas as suas redes, incentivando as pessoas a me seguirem.

Ela não foi a única — subcelebridades, estrelas de novela das nove e mais uma penca de influenciadores e anônimos tinham caído de paraquedas no meu vídeo nas últimas vinte e quatro horas.

Por algum motivo, as pessoas tinham curtido o que eu falava sobre amizade. E estavam compartilhando, seguindo e comentando. Atraindo também os haters.

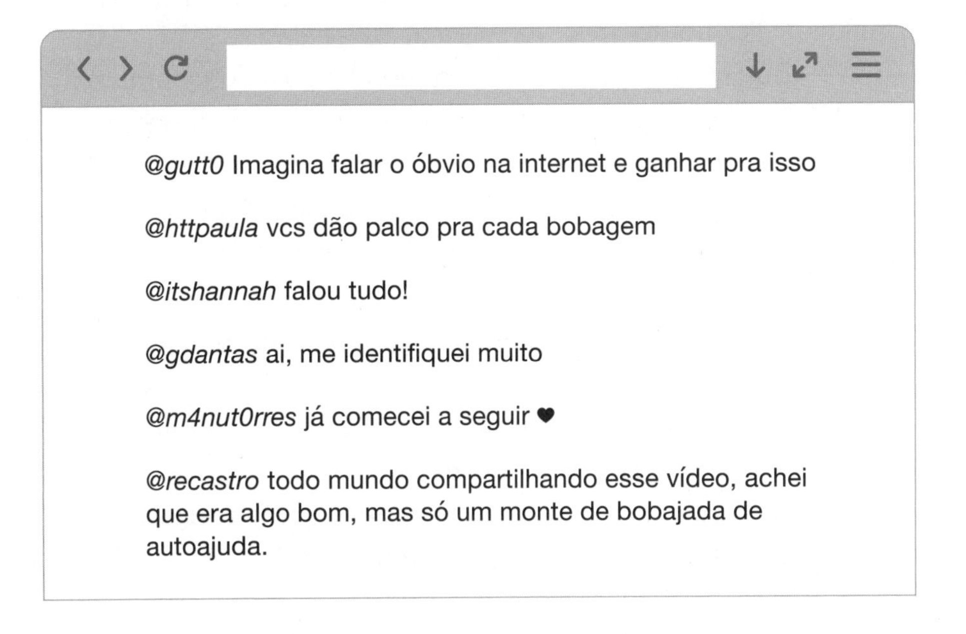

Havia muito mais de onde aqueles comentários tinham saído. Meus olhos só conseguiam enxergar os negativos, ainda que houvesse positivos no meio.

Depois do simulado, fui até o café perto da escola munida do meu material para encontrar Arthur.

— Mari, você não precisa olhar pra isso de cinco em cinco segundos.

Teoricamente, ele estava me ajudando a estudar.

Teoricamente — porque, desde que ele tinha passado em frente ao São João para me acompanhar até minha casa, eu não conseguia tirar os olhos da tela do celular.

— Por favor, guarda para mim — falei, contrariada. — Se eu ficar com ele na mão, não vou conseguir parar de olhar.

Entreguei o aparelho na mão dele.

— *Como* isso aconteceu? — perguntei pelo que pareceu a milésima vez no dia.

— Gostaram do seu vídeo — respondeu, dando de ombros. — Não só desse, mas dos outros. As visualizações de todos cresceram, você mesma viu.

— Eu sei! Mas nossa, é surreal. Tipo, a Laísa Sousa sabe minha cara! E um monte de gente também. E nem tem um motivo real pra isso.

— Claro que tem. Essas pessoas gostaram do seu conteúdo — disse ele.

— E um monte de gente odiou também. Eu tô falando um bando de coisa óbvia e daí… BUM!

— Você sabe que a maioria das pessoas não ia reclamar disso, né? O sonho de todo mundo é ganhar um dinheirinho com publicidade.

Ele falou em tom de brincadeira, aliviando um pouco a tensão que eu sentia ao imaginar todas aquelas pessoas vendo minha cara, ouvindo o que eu tinha a dizer… e assim, de repente, um monte de gente que nunca me viu pessoalmente já tinha uma opinião formada sobre mim com base em vídeos com no máximo três minutos.

O que, vendo por esse lado, era melhor do que terem uma opinião equivocada sobre mim com base numa fofoca contada pelo meu ex e o amigo dele.

Estou exausta de pessoas com opiniões sobre mim.

— Acho que isso é viver — comentou Arthur. — A gente tem opinião sobre tudo, as pessoas têm opinião sobre tudo… é tipo, um ciclo.

Ops, acho que falei sobre as opiniões em voz alta...

Respirei fundo. Eu precisava desviar daquele assunto.

— Desculpa, você veio aqui me ajudar e eu tô com a cara enfiada no celular.

— Tudo bem — disse ele. — Deve ser esquisito isso de todo mundo falar sobre você de repente.

Ele não fazia ideia.

— Se você quiser, a gente combina de estudar outro dia. Você deve estar sem cabeça pra isso.

Sorri, cansada. Era bom ter alguém que considerasse o que eu estava sentindo. Meus cadernos e apostilas estavam à nossa frente, todos fechados. Ele tinha se disposto a sair de casa e me ajudar com os estudos, mas eu estava com a cabeça nas nuvens — ou melhor, em uma nuvem específica: a da internet.

Arthur me olhou por um breve momento. Ele esticou a mão e tocou a minha.

— Vai, tira esse uniforme — disse, e eu arregalei os olhos.

Ele logo tentou consertar:

— Quer dizer, vai lá trocar de roupa. Não tirar o uniforme... Ah, você entendeu!

Eu ri e ele prosseguiu:

— Vamos fazer outra coisa. Ninguém consegue estudar quando tá exausto, e dá pra ver pela sua cara que você não tá pensando em nada além desse tanto de gente te seguindo na internet. Você confia em mim?

Aquelas palavras flutuaram entre nós. *Confiança.* Era um conceito que eu havia desaprendido. A maioria das pessoas em quem havia depositado confiança tinha me decepcionado. Heloísa, minha melhor amiga. Carlos Eduardo, meu primeiro namorado.

que eu pensava que amava. Como eu poderia confiar numa pessoa que eu tinha visto tão poucas vezes?

— Confiar é uma palavra muito forte — falei, um pouco séria demais.

Arthur mudou levemente de expressão, mas tentou não se deixar abalar.

— Tá vendo? Eu disse que não sou bom com português, nem entendo as nuances das palavras — disse, tentando aliviar o clima. — Você tem razão, eu não confiaria em mim mesmo também. Mas vai lá trocar de roupa, por favor! Juro que tenho um plano.

— Não vou sair daqui se você não me disser que plano é esse.

Não queria ser tão reticente. Não queria me sentir tão na defensiva. Queria voltar a ser a Mariana de antes, que, quando recebia um convite como aquele, se jogava sem pensar. Eu queria aceitar.

— É um plano bom — prometeu. — É só pra você relaxar, prometo. Se eu contar antes, perde a graça.

Percebi que, mesmo se insistisse, ele não iria me contar. Só que em seu olhar havia uma expectativa diferente. Ele quase parecia um cachorrinho implorando para ser adotado.

Eu não resistia a cachorrinhos suplicantes. E aparentemente também não resistia ao Arthur, porque respondi:

— Se for ruim, você me paga.

Talvez eu tenha demorado um pouco mais no banho, penteado meu cabelo infinitas vezes e espirrado meu melhor perfume ao me arrumar enquanto Arthur me esperava na sala. Foi só quando estava debaixo do chuveiro que me dei conta do quanto queria passar mais tempo ao lado dele, apesar dos meus medos e inseguranças.

Quando voltei à sala, ele estava sentado no sofá assistindo a um duelo de esgrima com meu pai e beliscando uns amendoins que minha mãe tinha colocado numa tigela.

Aquela cena me paralisou. Foram anos namorando Cadu, ele sempre estava em minha casa, mas mesmo assim nunca pareceu *integrado* à nossa dinâmica familiar. Ele sempre se sentava longe, ficava me esperando de pé e só parecia mais à vontade quando meus pais não estavam.

Arthur não era Carlos Eduardo, muito menos Leandro. Era outra pessoa, com novas qualidades e defeitos. Isso era óbvio, mas também era um alívio, porque, ainda que eu soubesse disso em teoria, parte de mim não conseguia se ver livre da ideia de que, se eu deixasse mais alguém entrar em minha vida, sofreria as mesmas consequências.

Ele não conhecia meu passado, mas já estava se integrando ao meu presente. Arthur não estava me prometendo nada — só tinha vindo estudar comigo e, ao perceber que eu não conseguia me concentrar, se ofereceu para me distrair. Não havia grandes significados ocultos por trás daquele gesto, mas ainda assim meu coração foi tomado por uma sensação que eu não sabia explicar.

Acho que foi ali que deixei minha guarda baixar um pouco.

— Vamos? — perguntei, interrompendo uma conversa muito empolgada entre Arthur e minha mãe sobre qual patê era mais gostoso: atum ou frango? Atum estava ganhando a disputa (meu pai e Arthur concordavam, enquanto minha mãe discordava, com argumentos inflamados).

Arthur me olhou e havia um brilho em seus olhos que eu tinha me esquecido que merecia receber.

— Só se for agora.

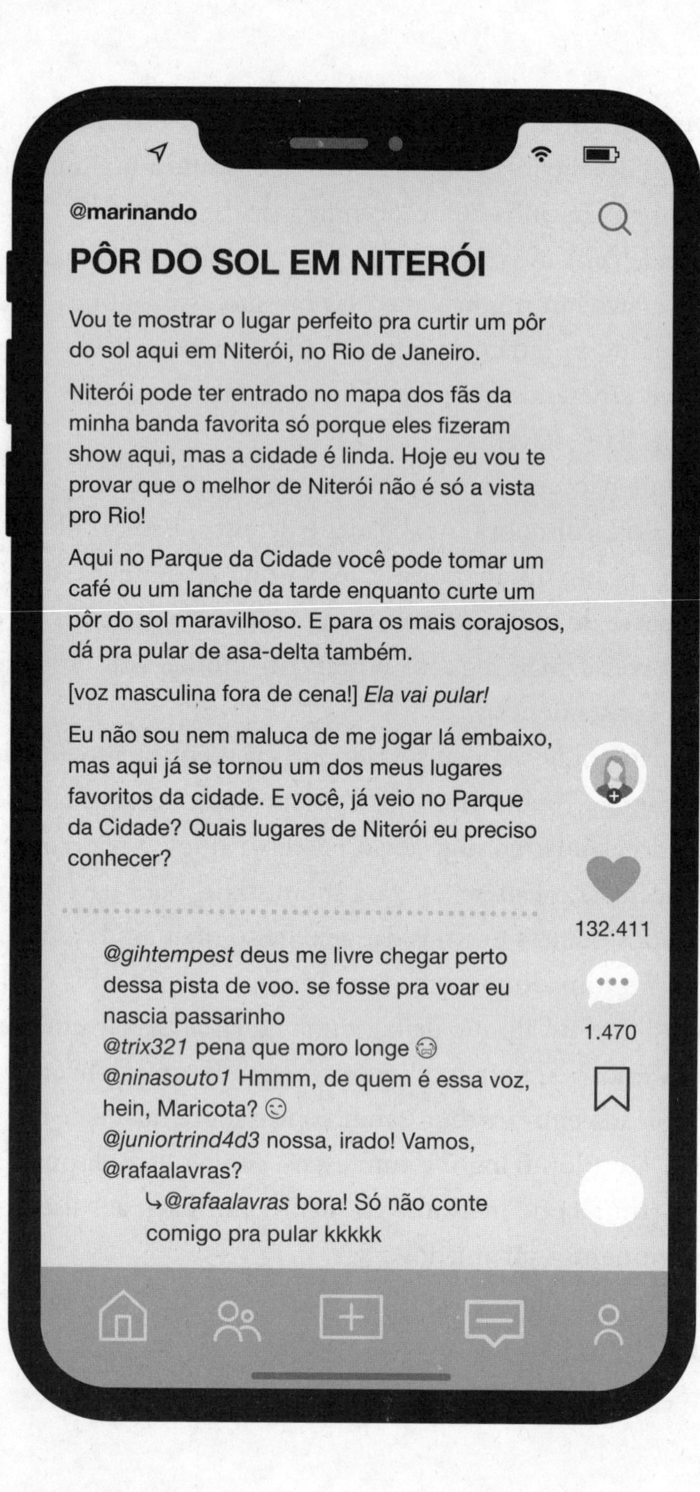
@marinando
PÔR DO SOL EM NITERÓI
Vou te mostrar o lugar perfeito pra curtir um pôr do sol aqui em Niterói, no Rio de Janeiro.
Niterói pode ter entrado no mapa dos fãs da minha banda favorita só porque eles fizeram show aqui, mas a cidade é linda. Hoje eu vou te provar que o melhor de Niterói não é só a vista pro Rio!
Aqui no Parque da Cidade você pode tomar um café ou um lanche da tarde enquanto curte um pôr do sol maravilhoso. E para os mais corajosos, dá pra pular de asa-delta também.
[voz masculina fora de cena!] *Ela vai pular!*
Eu não sou nem maluca de me jogar lá embaixo, mas aqui já se tornou um dos meus lugares favoritos da cidade. E você, já veio no Parque da Cidade? Quais lugares de Niterói eu preciso conhecer?
132.411
1.470
@gihtempest deus me livre chegar perto dessa pista de voo. se fosse pra voar eu nascia passarinho
@trix321 pena que moro longe 😩
@ninasouto1 Hmmm, de quem é essa voz, hein, Maricota? 😏
@juniortrind4d3 nossa, irado! Vamos, @rafaalavras?
↳*@rafaalavras* bora! Só não conte comigo pra pular kkkkk

22

Arthur tinha um carro.

Certo, não era o carro *dele* — era da mãe, mas ainda assim era um carro. Era estranho sentar no banco do carona e ter alguém quase da minha idade atrás do volante. Aquele detalhe evidenciava ainda mais como nossos meros dois anos de diferença nos colocavam em dois pontos distintos.

Faculdade ✓

Trabalho ✓

Dirigir ✓

Isso sem contar que ele sabia física e matemática. Eu mal tinha ideia do que ia comer à noite, nem pedalar eu sabia, enquanto ele já estava com parte da vida encaminhada. Será que havia algum milagre que acontecia quando completávamos dezoito anos que nos transformava em adultos levemente funcionais? Se existisse, Arthur com certeza tinha sido contemplado.

Eu congelei por uns instantes quando entrei no carro, sentindo a vulnerabilidade da situação, mas bastou alguns minutos para que eu conseguisse espantar o medo.

— Eu *amo* essa música! — exclamei quando uma canção do Tempest vazou pelos alto-falantes do carro.

A seleção musical que tocava no carro era impecável, mas ouvir a voz do Deco espalhada pelo ambiente foi como receber um abraço. Cadu odiava quando eu colocava as músicas dos meninos para tocar, falava que eram desafinados e implicava até com as roupas e a sexualidade deles.

Volta e meia eu me pegava lembrando de todas as vezes que tinha me sentido inadequada ao lado dele. E como foi preciso ser deixada de lado para me dar conta de que estava tentando caber num lugar que nunca teve a minha medida.

Arthur aumentou o volume do rádio e cantou junto comigo. *Ele sabia a letra!*

Entramos no túnel de São Francisco. As janelas estavam abertas, e o túnel, vazio. Coloquei a cabeça para fora e gritei a canção, a plenos pulmões.

— *Se você pudesse falar tudo aquilo que tem aí dentro, será que as palavras seriam lançadas ao vento?* — cantava o vocalista. Minha voz, não tão suave quanto a dele, cantava junto.

No fim do túnel, me ajeitei no assento mais uma vez. Arthur não tirava os olhos da pista. As ruas eram conhecidas, a música me abraçava e eu me sentia à vontade como não acontecia havia tempos.

— Eles têm umas músicas bem boas — disse ele, assim que a canção acabou.

— *Bem boas* é pouco, eles são perfeitos!

Arthur riu.

— Eu já sei que você é fã do Tempest e passa tempo demais nas redes sociais. O que mais eu preciso saber?

— Primeiro: eu não passo tempo demais nas redes sociais! Segundo, você também já sabe que eu sou um fracasso em exatas.

— Essas não podem ser as únicas coisas importantes sobre você — disse ele, em negação.

— Não sou lá muito interessante — respondi.

— Duvido — rebateu.

Talvez, pensei, *se você perguntar pro povo do meu colégio, eles tenham coisas a dizer sobre mim.*

Chega! Não ia ficar dando voz à opinião dos outros, já tinha feito isso por tempo demais. Estava ali exatamente para deixar de lado, ainda que por pouco tempo, aquela sensação que me sufocava.

— Chega de falar de mim — disse, me virando para ele.

Arthur me olhou de soslaio, tentando não tirar a atenção do trânsito.

— Me conta um pouco de você — pedi.

— Ah, você já sabe o essencial — desconversou, entrando numa rotatória. — Eu comecei a faculdade de arquitetura este ano. Eu trabalho numa casa de shows. O que mais? Eu sou bom com exatas, mas nunca fui muito de estudar.

— Ou seja, é inteligente!

Arthur riu.

— Até parece. Pra mim, você que é inteligente. Acho que conseguir aprender aquele tanto de coisa de história é surreal, não consigo lembrar quem foi quem e em que ano alguma coisa aconteceu. Um dia eu coloquei numa prova que Hitler esteve na Primeira Guerra Mundial.

— Hitler *esteve* na Primeira Guerra — respondi.

— SÉRIO? Não acredito que minha vida foi uma mentira — disse ele, quase deixando de prestar atenção no trânsito.

— Olha pra frente! — exclamei. — Enfim, ele só serviu na

Primeira Guerra, mas foi na Segunda que rolaram o Holocausto e todas aquelas coisas horríveis.

— E veja só... você consegue me contar isso sem olhar no Google!

— Cada pessoa é boa numa coisa — expliquei. — E eu não acredito que isso seja *tudo* que tem pra saber sobre você. Vai, me conta outra coisa aí.

— Eu gosto de música — respondeu.

— Ah, isso não vale. Todo mundo gosta de música.

— Eu queria ser músico — confessou. — Eu cheguei a ser aprovado pra fazer faculdade de música, sabia? Mas meu pai disse que não ia ajudar a me manter num "curso inútil", nas palavras dele.

Eu reconhecia o caminho que estávamos fazendo. Enquanto o carro subia, Arthur permanecia atento, mas continuava a contar sua história.

— Então eu fui pra minha segunda opção, que era arquitetura. Eu acho legal e tal, mas não sei se é isso que quero fazer pro resto da vida — desabafou. — Só que, pensando bem, alguém *sabe* o que quer fazer pro resto da vida? Eu duvido, acho que a gente muda muito de ideia. Teve uma época que eu queria ser herói da DC.

— Nossa, DC? Que mau gosto — respondi brincando, numa tentativa de aliviar o clima.

Por mais simples que aquela conversa pudesse parecer, eu sentia que não era um assunto em que Arthur tocava com frequência. E em assuntos desconfortáveis eu era especialista.

Arthur riu, virando mais uma curva.

Não conseguia imaginar meus pais dizendo que eu não poderia escolher o curso que eu quisesse na faculdade. Claro que eles tinham expectativas próprias — meu pai era louco para que uma das filhas escolhesse o direito e eu era a única que tinha sobrado —, mas não colocavam pressão na decisão, só queriam que eu *passasse* em alguma coisa.

Ele não disse mais nada, porque encontrou uma vaga e estacionou o carro. O lugar estava um pouco cheio, mas não a ponto de incomodar. À nossa frente, a cidade se estendia como uma paisagem eternizada numa moldura: o céu azul-claro com leves pinceladas de nuvens brancas, o verde da mata que abraçava o cinza das construções, que mais à frente encontrava o azul da baía de Guanabara. Era um cenário lindo, trazia um sossego que eu não tinha me dado conta de que era possível, mas precisava demais naquele momento.

Arthur me flagrou olhando encantada para a vista. A última vez que tinha estado naquele lugar ainda era criança. Sempre me impressionava com a capacidade da minha visão de mundo de se transformar com o passar dos anos — o lugar continuava igual, mas estava diferente. Ainda me sentia minúscula admirando a cidade, mas era uma sensação de proporção muito distante da minha infância.

Eu me virei para Arthur e agradeci.

— Como você sabia?

— O quê?

— Que era disso que eu precisava?

O sorriso iluminado de Arthur destacava ainda mais a covinha. Nós nos aproximamos da pista de salto e uma mulher saltou de asa-delta acompanhada de um instrutor. Ela flutuou pelo ar como um pássaro, livre, sendo carregada pelo vento.

A imagem era linda e aterrorizante ao mesmo tempo.

Arthur me cutucou:

— Teria coragem?

— Nunca! Eu tô muito bem aqui na terra — respondi, em tom de brincadeira.

— Então você tem medo de avião também?

— Um pouco — confessei. — Sei lá, parece contra as leis da natureza aquele troço pesado e cheio de gente atravessar continentes! Toda vez que viajei foi à base de Dramin.

— Eu tenho muita vontade de pular de asa-delta — ele disse. — Às vezes venho aqui só pra olhar o povo saltar, até conheci uma galera que faz os voos. Só tô juntando a grana pra realizar.

— Corajoso!

— Que nada — respondeu. — Eu gosto de vencer os meus medos.

Arthur voltou até o carro e pegou um pacote de biscoitos salgados que estava jogado no banco de trás. Ele sentou na grama e deu uma batidinha no chão, ao lado dele, sugerindo que eu sentasse também.

— Vou sujar meu short… — comentei, reticente.

— Não sei se já te apresentaram o sabão em pó. É ótimo para casos assim.

Fiz uma careta, mas acabei me sentando ao seu lado.

— Aceita esse maravilhoso banquete de biscoito de isopor? — ofereceu.

— Sem dúvidas — aceitei, enfiando a mão no pacote tamanho família e pegando um monte de salgadinhos.

A gente comeu, conversou e eu fiquei com a bermuda suja de terra e grama, mas não me importei. Observamos as pessoas saltarem de asa-delta, discutimos sobre a vida, o universo e todas as coisas no meio do caminho.

Conversar com Arthur era fácil, tranquilo. Com ele, eu sentia que havia um livro em branco a ser escrito, onde eu podia ser apenas eu. Ele conheceu meu lado fã e até me incentivava com as bobagens que eu postava na internet. Arthur não fazia a mínima ideia do que tinha acontecido entre Leo, Cadu e eu. Nunca tinha ouvido as fofocas pesadas que me transformaram em pária escolar — e nem tinha tempo para isso, já que tinha coisas mais importantes pra fazer, tipo trabalhar.

De novo me dei conta da pequena-porém-grande diferença de idade que nos separava. Como dois anos eram capazes de impor uma barreira tão grande entre duas pessoas? Arthur não parecia incomodado com isso. Conversava de igual para igual, se dispunha a me ajudar com minhas dificuldades e comentava sobre as aulas da faculdade com a mesma naturalidade que eu me expressava sobre as aulas da escola.

— Tá sujo aqui — ele disse, levando a mão até o canto da minha boca e tirando um farelo de biscoito. Nós nos olhamos por um tempo que pareceu durar uma eternidade, mas não foi mais do que alguns segundos. Havia algo no olhar de Arthur que me deixava desconcertada.

Desviei o rosto e voltei a olhar para o horizonte. Sentia as bochechas queimarem. Arthur se inclinou para trás.

Algo tinha quase acontecido e eu havia impedido que se concretizasse.

Eu estava suja de salgadinho, não queria que meu primeiro beijo com Arthur tivesse gosto de biscoito salgado de milho aromatizado com presunto! Mas eu também não queria perder a chance de beijar Arthur. *Eu não queria perder Arthur.*

Minha mente voava, com mil pensamentos acelerados. Será

que ele me achava legal? Será que me achava bonita? Será que queria mesmo me beijar apesar de feder a salgadinho, ou estava só sendo gentil e limpando o farelo? Por que eu estava pensando em tantas coisas ao mesmo tempo? O que aquele cara tinha para me deixar idiota assim?

Ele tinha algo que me provocou a reação mais inesperada que tomei em meses.

Eu me virei para Arthur e roubei um beijo dele.

Beijos roubados são assustados, confusos e estabanados. Mas o susto passou rápido, a confusão deu lugar à certeza e logo nossos lábios encontraram uma sintonia que era tudo, menos estabanada.

Eu beijei Arthur uma vez. Ele me beijou outra. Nós nos beijamos mutuamente outras tantas. Admiramos o pôr do sol juntos, o céu alaranjado, e trocamos mais beijos. Arthur gravou minivídeos do cenário, de mim, e sugeriu que eu publicasse nas redes.

Queria continuar beijando-o até que o sol encontrasse as águas e a lua aparecesse no céu. Eu me sentia livre, leve e contente. Não só pelos beijos, mas por estar com alguém que queria me conhecer por mim mesma, não por terceiros. E isso era mais do que eu tinha recebido em um longo tempo.

23

Os beijos não foram suficientes para me distrair no dia seguinte, nem no outro e nem nos próximos. Eu não parava de ver os números das minhas redes sociais crescerem. Checava entre uma aula e outra, nas pausas nos estudos, e — confesso — às vezes até nas horas em que não deveria estar no celular.

O que deveria ter me deixado mais animada para produzir mais conteúdo, na verdade, me paralisou. Meu útimo post foi sobre o passeio ao Parque da Cidade. Arthur me mostrou um aplicativo diferente de edição e o vídeo ficou lindo, várias pessoas tinham curtido e pedido nos comentários que eu fizesse outros no mesmo estilo.

Só que eu estava… travada. Tinha a consciência de que desconhecidos me assistiam, mas desde que o burburinho sobre os vídeos começou a crescer no São João, aquilo tinha se tornado *real* em algum nível. Não era só uma menina aleatória na fila de um show me reconhecendo, ou uma atriz que nunca vi recomendando o que falei no silêncio do meu quarto, mas sim pessoas que tinham tornado minha vida um inferno nos últimos meses assistindo aos meus desabafos.

— Claro que eu sei que a internet é um lugar de todo mundo — comentei com Arthur, por áudio, alguns dias depois —, mas só é esquisito que alguém que eu conheço *de verdade* esteja assistindo as minhas coisas.

Era estranho como conversar com Arthur tinha se tornado fácil. Nos falávamos todos os dias e ele sempre perguntava dos vídeos, me incentivava a criar conteúdo e me mostrava coisas novas que eu poderia fazer para atrair mais gente.

Aquele *digitando...* aparecia na tela enquanto ele pensava numa resposta para me dar.

Todos os dias eu sentia que era a última vez que Arthur ia me dar assunto, que logo ele perceberia o quanto eu era chata e infantil ou qualquer coisa do tipo. Só que esse dia não chegava — ele continuava a ser o primeiro a puxar assunto, cortando logo o "bom dia" artificial e indo direto para as conversas. Naquele dia não tinha sido diferente. Ele tinha mandado a foto de um cachorro preto e branco mordendo um panda de pelúcia com a legenda "canibalismo", e desde então tínhamos engatado nas conversas mais aleatórias possíveis, caindo na minha principal obsessão do momento: a percepção de que as pessoas de fato estavam me assistindo e como isso estava me travando.

Arthur está gravando um áudio.

A mensagem apareceu na minha tela e eu dei play. A voz de Arthur preencheu o silêncio do meu quarto.

— Ah, é normal ter vergonha — disse ele, com seu timbre suave e calmo. — Porque os números sozinhos não parecem *pessoas*, né?

Ele fez uma pausa e eu assenti do outro lado, como se Arthur fosse capaz de me ver.

— Só que eu aposto que as pessoas estão achando seus vídeos maneiros, senão não tinha tanta gente assistindo — continuou a gravação. — A não ser que você tivesse virado meme, mas você não virou. As pessoas tão assistindo porque estão gostando mesmo. Uma hora ou outra alguém que você conhece ia ver.

O que Arthur não sabia era o que aquelas pessoas representavam na minha vida.

Obrigada pela ajuda

nem fiz nd. tô aqui se precisar.

Mandei uma carinha sorridente e troquei de janela, porque não sabia como dar continuidade à conversa. Coloquei uma música do Tempest para tocar e preencher os vazios em minha mente, mas nem isso foi o suficiente para me distrair, já que resolvi me torturar lendo os comentários no meu último vídeo.

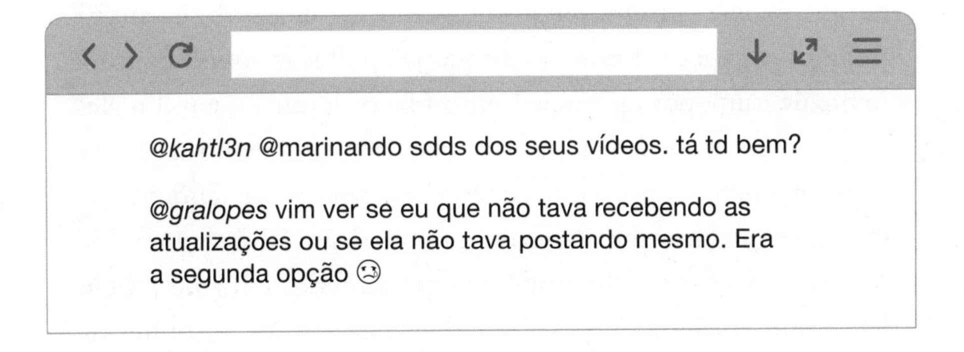

Comentários como aquele saltavam na minha tela de tempos em tempos — e mal fazia uma semana desde a última publicação. Pessoas que poucos dias antes não me conheciam estavam com saudade de algo novo meu, enquanto eu mal sabia o que tinha a oferecer!

Para piorar, não andava conseguindo falar com a Nina. Eu tinha até tentado ligar para a casa dela, como nos tempos da pré-história, mas ninguém atendia. Eu imaginava minha amiga trancada no quarto, com fones de ouvido antirruído, estudando sem parar. A tendência era que até o dia do Enem Nina desaparecesse ainda mais entre livros, cadernos e questões de simulado. Minha amiga tinha um objetivo e não desistiria enquanto não o atingisse, mas às vezes parecia que ela já não tinha vida para além dele.

Da última vez que nos vimos, Nina estava ainda mais magra. Ela tentava disfarçar, mas a preocupação e o cansaço se tornavam cada vez mais visíveis em seus olhos. Parecia que ela mal comia. E provavelmente era verdade — em nossas últimas saídas, Nina estava sempre sem apetite, dispensando qualquer comida que eu oferecesse. Ela só se desligava das preocupações ao som do Tempest.

Eu queria voltar à época em que nós duas passávamos a tarde de pernas para o ar, jogando conversa fora, mas a cada dia eu sentia que aquele era um tempo que não iria voltar. Minha amiga tinha *planos* para o futuro — o que já a colocava quilômetros à frente de mim, porque eu não tinha plano algum —, e todos eles a afastavam cada vez mais daquela realidade em que nossas tardes eram preenchidas por videoclipes, discussões sobre fanfics e visões de um futuro em que seríamos bem-sucedidas, donas de nossos narizes e dividiríamos um apartamento enorme e bem localizado em Nova York ou Londres, porque nossos sonhos tinham sido invadidos por imperialistas — essa última era uma observação da Nina, que havia aprendido o significado da palavra uns meses antes e desde então tinha substituído nossas ambições estrangeiras por uma temporada em São Paulo, o que, na minha opinião, não era tão diferente assim.

Só que não havia nenhuma emancipação no horizonte: fazia tempo que ela não atualizava sua fanfic do Tempest por causa do vestibular, e eu gastava o tempo em que deveria pensar no futuro produzindo "conteúdo". Quando foi que crescer tinha deixado de ser um sonho fantástico e se transformado numa realidade cruel?

Voltei a me concentrar na música do Tempest. Só eles poderiam me confortar diante daquela estranha sensação de perder o que sequer tive a oportunidade de viver. Eu conseguia encaixar cada uma das letras na minha própria realidade.

Entre meus devaneios sobre o Arthur, a preocupação com o futuro, a pressão para produzir mais vídeos e as lembranças de tempos mais simples ao lado da minha melhor amiga, percebi que não tinha cabeça para acrescentar qualquer informação nova no meu cérebro.

Não que eu estivesse me *esforçando* para isso.

Então abri o único lugar da internet capaz de me acolher nos melhores e piores momentos dos últimos anos: o FANDOM.COM.

E lá estavam falando de... mim.

FANDOM.COM

Início › Fanfics › Artistas brasileiros › Tempest

FOI NAQUELA NOITE por ninasouto1

classificação: pg-13
tags: #SaCo #Tempest #Romance

Niterói era linda às três da manhã. Ao menos era isso que Deco pensava quando chegou ao terraço do hotel e viu Saulo no lugar em que já imaginava encontrar o amigo: apoiado no guarda-corpo, observando o horizonte e admirando a cidade no seu horário favorito da madrugada.

— Acordado de novo às três da manhã? — Deco perguntou, assustando o baterista.

Saulo se virou e tentou, mas não conteve o meio sorriso que se formou em seus lábios. Nos últimos dias, vinha tentando evitar Deco, ainda que fosse impossível — eles trabalhavam juntos, afinal de contas.

— Você sabe que o universo tem uma vibração diferente às três da manhã.

— Você assiste a mais filmes de espírito do que deveria ser permitido.

Saulo deu um risinho com a resposta do rapaz, que sempre tirava sarro de suas superstições e de sua obsessão por filmes de terror.

Eles tentavam fazer tudo parecer fácil diante dos fãs, mas, ao menos para Saulo, nunca tinha sido. Eles compunham juntos, a maioria das experiências que cantavam eram histórias que tinham vivido, mas agora tentavam se afastar daquele passado. O *Tempest* tinha nascido por causa deles, com eles, mas o "nós" agora não dizia respeito aos dois, e sim aos integrantes da banda e aos fãs, já que a história construída pelos dois tinha ficado no meio do caminho.

Cada dia na estrada era uma dificuldade a mais para Saulo.

O que ele não sabia — ou fingia não saber — era que isso era igualmente difícil para Deco.

O fim do relacionamento que nunca chegou a ter um rótulo tinha sido uma decisão dos dois, mas a ideia tinha partido de Deco. Saulo guardou rancor por um tempo, mas logo entendeu que, se continuassem aquele romance, poderiam atrapalhar o andamento da banda, que era o verdadeiro amor dos dois. Na verdade, dos quatro. Eles jamais colocariam qualquer coisa acima da banda — e isso envolvia qualquer conflito entre eles, mesmo que significasse empurrar para debaixo do tapete os próprios sentimentos.

Deco amava ver Saulo à luz da lua e das estrelas. Ele podia compor uma canção naquele instante, já ouvia uma melodia suave se formando em sua mente.

Para Deco, Saulo era sua canção favorita. Ele poderia cantar sobre eles para aquela multidão que os seguia, uma apresentação após a outra, enchendo as casas de shows. Só que nos últimos dias ele vinha se perguntando se valia a pena viver lotando espaços se seu coração parecia tão vazio. [...]

@trix21 menina, sabe que eu fiquei pensando aqui no show de Niterói que tinha algo diferente no jeito que eles têm se olhado ultimamente? Esse capítulo pegou demais a melancolia! Ai, queria tanto que eles voltassem na vida real...

@faeltoledo amoooo sua fic, parece que ela é a realidade.

@juribs vim ver se vc tinha postado mais, só que esse foi o último cap! pfvr, não deixa sem final!!!!

@marinando Ai, amiga, que sdds eu tô de você. Vim ler só pra ver se passa um pouquinho

↳ *@trix21* mds vcs se conhecem? é errado shippar?

24

Tinham encontrado as fanfics da Nina por conta de um comentário que deixei na atualização mais recente. Isso não era de todo ruim — Nina escrevia fanfics excelentes sobre a banda na internet, mas mal divulgava seu conteúdo. Ela merecia ser descoberta; o que não merecia era encontrar uma série de comentários *shippando nós duas*.

Aquilo me fez dar uma risadinha e mandar uma mensagem para ela logo em seguida:

Vc sabia que a internet
tá shippando a gente?

Mas a mensagem já estava criando mofo havia três dias; ela sequer tinha visualizado. Às vezes era difícil demais ter uma amiga de fato comprometida com o próprio futuro.

Eu, por outro lado, mal sabia como me comprometer com o presente. Quanto mais o fim do ano letivo se aproximava, menos preparada eu me sentia para enfrentar o que viria depois. O sucesso das minhas últimas publicações me assustava, em vez de me animar.

Tentei manter os vídeos fora do radar da minha família, mas, graças ao meu cunhado, isso não foi possível. No mundo ideal, Mateus estaria estudando o dia inteiro, já que cursava medicina, mas aparentemente universitários também ficavam encaminhando vídeos uns para os outros em vez de prestar atenção nas aulas.

— O Mateus me mostrou! — exclamou minha mãe, animada. — Aquele tanto de gente te vendo, hein, Mari? Será que você não consegue tirar uma graninha com isso? O filho do Airton faz uns vídeos jogando no computador e ganha dinheiro...

— Que ganhar dinheiro com internet o quê, Marta! — bradou meu pai, que parecia pouquíssimo empolgado com a possibilidade de ter uma filha famosa na rede mundial de computadores. — Mariana tá no último ano do colégio, o Enem tá logo ali, ela precisa se dedicar mais aos estudos... Daí fica com a cara enfiada nesse celular o dia inteiro e depois não tem futuro...

— Ah, mas a mamãe tá certa. A internet dá dinheiro, e eu posso ajudar a Mariana a conseguir alguma coisa com isso — interveio minha irmã, comunicóloga em formação.

— Já mostrei pra todo mundo lá na faculdade — disse Mateus, e eu quis abrir um buraco imenso no chão e me esconder por dois anos até que a internet já tivesse me esquecido.

— Espera aí, Melissa, eu falei em ganhar uns trocados, não em transformar isso em carreira... É só enquanto ela não passa no vestibular...

— ... e você tá achando que filha minha não vai passar no vestibular de primeira, Marta?

— Oscar, não viaja! A nossa menina tem completa capacidade disso, só que tá com dificuldade de escolher o que quer e...

— CHEGA! — gritei, em meio à cacofonia da minha família debatendo meu futuro como se eu não estivesse ali.

Os quatro pares de olhos se viraram para mim — a maior interessada no assunto, que não tinha sido convidada a me juntar à conversa.

— Eu fiz uns vídeos, só isso — completei, me sentindo boba. — Faz um tempo que não faço, tô sem ideias. Não tô, sei lá, querendo virar influenciadora.

— Porque é boba. Com essa audiência? — rebateu Melissa, assumindo um tom de voz que eu já tinha escutado quando ela estava em uma chamada de trabalho.

— Não ligo pra audiência! — falei. — Eu só fiz uns vídeos do show, outros sobre coisas que eu curti, sei lá. Mas não é tipo... um trabalho. E nem me atrapalha a estudar — acrescentei, olhando para meu pai, antes que ele tivesse alguma ideia para restringir meu acesso ao celular. — Eu tô estudando!

Meu pai me olhou como se não acreditasse muito em mim.

— Falta menos de um mês para o Enem — ele disse simplesmente.

Eu sei, pensei. Em meio a tudo o que vinha acontecendo, o Enem ainda era uma pedra no meu sapato. A maior de todas.

Queria me concentrar nos estudos, queria mesmo. Ah, se eu tivesse a disciplina e o cérebro da Nina... Além disso, nunca me senti tão burra! Quanto mais eu estudava, mais perdida eu me sentia.

Na escola, o gostinho de novidade da minha última fofoca — o aparente sucesso na internet — já tinha esfriado. Tudo bem que naquela manhã eu tinha flagrado um aluno do nono ano tentando me filmar enquanto eu lanchava na cantina, mas foi só andar em direção a ele e pedir que parasse para ele guardar o celular. A melhor parte de lidar com os alunos do fundamental era que, para eles, eu era só a menina que tinha alguns milhares de seguidores nas redes sociais.

— E se essas pessoas descobrirem onde você mora e estuda e alguém quiser te sequestrar? — perguntou minha mãe, me trazendo de volta à inquisição na sala de casa.

— Ninguém vai sequestrar a Mari — respondeu Melissa, cortando o pavor da minha mãe. — No máximo ela arruma um stalker.

Aquela ideia não me tranquilizou.

— Stalker? O que é que é isso? — perguntou minha mãe.

Minha irmã ignorou a pergunta e continuou a tagarelar sobre números, engajamento e estratégias que poderia aplicar na expansão da minha *marca*. Para mim, a única marca que eu tinha eram olheiras de cansaço.

— EU NÃO AGUENTO MAIS! — gritei, assustando todo mundo e pondo um ponto final na falação.

De repente, os vídeos pareciam um erro. Cada pessoa da minha família tinha uma opinião diferente sobre como eu deveria agir, enquanto o que *eu* queria era só... só... poder não saber o que eu queria.

Foi então que caí no choro. Chorei de soluçar, lágrimas que eram um misto de desespero e insegurança.

O que eu estava fazendo da minha vida?

Melissa me abraçou e fez um sinal para Mateus quando ele tentou se aproximar.

— Tá tudo bem — disse ela, secando as minhas lágrimas. — Gente, dá espaço pra Mariana! — ordenou Melissa, enxotando todos da sala. — Ela já disse que não vai largar os estudos, nem vai alimentar a família com dinheiro de publicidade ou qualquer coisa do tipo.

Então se virou para mim e acrescentou:

— Quer saber? Você não precisa fazer nada. Vou ligar pra Débora e dizer que…

— Quem é Débora? — perguntei, cortando nosso momento fofo.

— Ah, a editora da *SuperTeens*. Tem uma amiga minha da faculdade que estagia lá, descobriu que você é minha irmã, e eles queriam uma entrevista com você… Falei pra Débora me ligar mais tarde, ia ver se você topava, mas acho que não é o momento e…

— Claro que eu topo! — respondi, ultrajada. — Você sabe que eu amo a *SuperTeens*.

Como eu não concordaria em conversar com meu portal favorito?

— Sim, eu sei, desde que *eu* era adolescente e você roubava as minhas revistas — completou ela, que era tão velha quanto revistas de papel.

Melissa fingia que não, mas a *SuperTeens* tinha sido o principal motivo para escolher cursar jornalismo.

— Mas, sei lá, Mari, essa entrevista pode mudar muita coisa — insistiu ela.

— Mais do que já mudou? — perguntei.

Não estava falando só do meu conteúdo explodindo de uma hora pra outra. Minha família não fazia ideia de como a minha vida *real* tinha mudado nos últimos tempos.

Melissa ia abrir a boca e rebater, mas eu a interrompi:

— Diz pra ela que eu topo.

25

A vida era esquisita: a melhor e a pior época podiam coexistir. Foi assim que me senti naquela manhã, quando terminei de falar com Débora ao telefone e agendamos uma sessão de fotos para a *SuperTeens*, mas logo em seguida precisei ir para a escola e lidar com a indiferença dos meus colegas.

Não conseguia prestar atenção em logaritmos, reações químicas ou orações subordinadas. Nenhum assunto captava minha atenção, por mais que eu me esforçasse.

tédio, tédio, tédiooooooooo

Nem me fala

Parece que tudo que eu faço
é revisar coisas q já vi

E ainda assim não sei nenhuma delas!

Nunca me senti tão burra na vida

Depois do Enem melhora?

depois do enem você passa o resto da vida se sentindo burro

tô aqui na aula e a prof tá falando umas coisas tão viajadas que tô achando que nunca vou entender

Obg

Vc me motivou muito agora

sempre às ordens

Dei uma risadinha. As mensagens de Arthur me distraíam nos intervalos. Na última semana, tínhamos nos encontrado duas vezes num café perto do São João para estudarmos juntos — e, embora ele tivesse me ajudado a entender um pouco a matéria, passamos muito mais tempo nos beijando. Isso com certeza seria um problema para a Mariana do futuro, mas enquanto isso a Mariana do presente aproveitaria ao máximo.

Fora da tela do meu celular, contudo, a solidão me engolia. Guardei o aparelho no bolso e resolvi sair do meu esconderijo no colégio — um corredor atrás da biblioteca, que dava na sala dos zeladores, por onde ninguém passava — e encarar a fila da cantina.

Caminhei cabisbaixa até lá. Helô tinha dado uma trégua, os comentários tinham cessado, mas ainda me sentia exposta quando estava cercada pelas pessoas da escola. Eles podiam não estar pensando nada sobre mim… mas talvez estivessem.

A ideia me enlouquecia.

Entrei na fila, pensando no que iria pedir e qual caminho percorrer de volta ao meu esconderijo, onde me enfiaria até o sinal tocar de novo. Um italiano, um guaravita e uma rota de fuga pelo corredor à esquerda, que dava direto nos fundos da biblioteca.

O plano parecia fácil de executar até que me encostei ao balcão para fazer o pedido.

Tudo aconteceu ao mesmo tempo. Assim que entreguei o dinheiro ao funcionário da cantina, ouvi uma voz que me paralisou.

— Um hambúrguer de forno e um guaravita, Betão!

Meu corpo congelou. De canto de olho, vi aquelas mãos que assombravam meus pesadelos estendendo uma nota de vinte reais.

— Ô, Leo, vai pro final da fila — berrou outra voz masculina atrás de mim.

Leo respondeu com um palavrão. Eu reagi com paralisia.

Vê-lo pelos corredores do colégio já me causava repulsa e ansiedade, mas senti-lo tão perto assim, com o braço quase roçando no meu, me congelou. Eu não conseguia me mexer, não conseguia abrir a boca e fazer meu pedido ao Beto e muito menos me unir à reclamação coletiva contra o fura-fila.

— Ele não tá furando fila — disse uma voz feminina que não distingui. — A namoradinha tava guardando lugar pra ele.

Essa simples frase me quebrou por inteiro. Não ouvi o que foi dito depois; as risadas e os comentários estavam na superfície enquanto eu me afogava.

As lágrimas rolaram pelo meu rosto, o dinheiro do lanche ficou largado no balcão da cantina, até que mãos femininas me guiaram pelo corredor para longe dali. Não sei quanto tempo durou, quem me acompanhou ou qual era minha expressão. Eu me sentia fraca, boba e incapaz de lidar com algo simples — uma mera presença, um comentário estúpido que bastou para me fazer desmoronar. Todas as defesas que levei meses tentando erguer, para mostrar que aquilo não me abalava, de repente se esfacelaram na frente de todo mundo, no pátio da escola.

E fui carregada sem sequer me dar conta, colocada numa salinha de frente para a psicóloga do colégio.

Dalva queria saber o que tinha acontecido, mas como colocar em palavras algo que só tinha dito por cima para a minha melhor amiga? Nina me entendia, completava as lacunas que eu não era capaz de verbalizar. Dalva era a psicóloga da escola, protegida pelo verniz de um colégio onde eu tinha passado boa parte da vida, mas que, na hora em que mais me sentia vulnerável, tinha se transformado no lugar dos meus pesadelos.

Tudo tinha acontecido por causa de um trabalho da escola. Parte de mim se ressentia do próprio colégio, por ter me colocado como dupla do Leo. Eu culpava todo mundo, porque no fundo culpava a mim mesma — e aquela culpa me corroía.

— Mariana? — chamou Dalva mais uma vez, esperando uma resposta.

Não queria falar com ela. Não me sentia *segura* para me abrir com ela. Já era tarde. Ninguém tinha vindo me procurar quando os boatos começaram, quando meus colegas cochichavam sobre mim nos corredores. Ninguém queria saber como eu me sentia até travar na cantina, até ser carregada para a sala dela e virar um problema que precisava ser resolvido.

— Tá tudo bem…

Minha voz falhou. Era *óbvio* que não estava tudo bem.

— Quer dizer, não sei.

Precisava pensar rápido. Havia uma coisa com que eles se importavam, o único problema que achavam que poderia atingir alguém da minha idade.

— Acho que só… tô nervosa, acho. Faz uns dias que não tô dormindo direito por causa do Enem.

Dalva assentiu, como se aquilo fosse compreensível. Esperado. Um motivo plausível para ficar ansiosa, preocupada. Ela sorriu com doçura pra mim, as rugas ao redor dos seus olhos cor de mel criando uma expressão gentil, compreensiva, que quase me deu vontade de falar a verdade. Quase.

— O que mais te preocupa nisso, Mariana? — perguntou.

Aquele era um assunto com que ela sabia lidar. E, no fim das contas, eu estava realmente perdida quanto a isso.

— Eu não sei o que vou fazer da vida — respondi, empurrando para debaixo do tapete o real motivo que tinha me levado até ali. — O Enem é daqui a três semanas, e não faço a mínima ideia do que quero pro futuro. Acho que não tenho talento pra nada.

Só quando disse aquilo em voz alta me dei conta de que era verdade. Eu não me sentia talentosa. Melissa tinha decidido o que queria muito cedo, já que era apaixonada pelas revistas que lia na adolescência e tinha herdado da minha mãe o gosto pela leitura. Meu pai era bom no que fazia e levava a profissão com seriedade — tanta seriedade que às vezes eu me perguntava se ele gostava mais do trabalho do que da nossa família.

Em que eu era boa?

— Você é boa se comunicando, Mariana — disse Dalva. — Eu vi um vídeo seu, a minha filha me mostrou.

Era só o que me faltava…

— Você já procurou opções nessa área? — continuou. — Cinema, publicidade…?

— Já pensei nisso — respondi. — Mas não sei se é exatamente o que eu quero. É muito difícil escolher o que fazer pro resto da vida. Quando você saiu da escola já sabia que queria estar aqui, conversando com alunos perdidos?

Dalva se endireitou na cadeira e ajeitou os óculos.

— Você pode mudar de ideia ao longo da vida. Na sua idade eu achava que queria atender em hospitais, mas nem cheguei a trabalhar em um. Segui a carreira de psicologia como pensei que iria, mas os caminhos foram me levando a trabalhar com outras coisas e hoje tô aqui. Não, eu nunca imaginei na sua idade que um dia ia voltar para um colégio, muito menos do lado de cá. Eu nem tinha noção de que esse era um caminho possível. E é isso: muitas vezes a gente nem imagina quais são as possibilidades que temos de futuro, só vamos descobrindo conforme a vida anda. Ainda tem tempo pra você descobrir com certeza o que quer, mas o que podemos fazer é um teste, que tal? Que te ajude a encontrar áreas pelas quais você tem mais interesse. Eu já tinha conversado com a direção sobre fazermos um dia de orientação vocacional, tipo uma feira de profissões. Pra esse ano não vai dar tempo, mas podemos aplicar alguns testes na sua turma, conversar um pouquinho.

— Acho uma boa ideia — respondi, com sinceridade.

Não havia solução para os sentimentos que eu tinha revivido mais cedo, mas eu podia encontrar orientação para outros problemas.

SuperTeens

#NaRede

ESTÁ TODO MUNDO MARINANDO

Mariana Prudente, conhecida como @marinando, é a amiga que você sempre quis ter

Por Julia Toledo e Débora Prates

Você já deve ter esbarrado em algum dos vídeos da @marinando na internet. Mariana Prudente, 17, é muito parecida com você: ela é fã de bandas, está no último ano do ensino médio e tem várias dúvidas sobre o próprio futuro. E como muitas garotas da sua idade, Mariana resolveu compartilhar isso em suas redes sociais — com fotos, textos, vídeos curtos e outros mais longos. O que ela não esperava era que, entre tantas pessoas que todos os dias se expõem na internet, seus desabafos fossem fazer sucesso.

superteens*: O que te fez publicar o primeiro vídeo na internet?*

mariana prudente: Falando sério, não sei! [risos] Eu estava meio desanimada, o Tempest era a única coisa que me deixava feliz. Acessava sempre a página deles no FANDOM.COM, só que minha timidez nunca me deixava comentar. Até que um dia acabei gravando um vídeo falando sobre o amor que sentia por eles e compartilhei por lá, algumas pessoas viram e comentaram.

ST: *Então você foi da timidez total a gravar vídeos do nada?*
MP: Fui! E até hoje não sei o que me deu, acho que é mais fácil falar com uma câmera. Daí fui postando mais coisas, até que rolou o show em Niterói, postei um vídeo dos bastidores e o pessoal da banda repostou. O resto todo mundo já sabe.

ST: *Qual a sensação de ter tanta gente te acompanhando?*
MP: Sinceramente? Pânico! [*Mariana dá uma risada nervosa.*] Ainda não consigo entender o que as pessoas veem nos meus vídeos. Eu gosto muito de fazer, mas não sei se mereço "sucesso". [*Ela fez aspas com os dedos na última palavra.*] Não me dedico a isso o tempo todo, eu publico quando dá tempo ou tenho uma ideia, algo diferente pra compartilhar. Acho que talvez isso seja um dos motivos para as pessoas gostarem — eu não tento forçar a barra, faço o que quero e quando quero. Eu não tenho tempo ainda pra me dedicar só a isso, já que estou terminando a escola e em breve vou fazer Enem.

ST: *Você quer se dedicar à internet quando terminar a escola?*
MP: Eu não faço a mínima ideia do que quero fazer depois. Sei que quero fazer faculdade, só estou em dúvida porque

são muitas opções e parece definitivo demais dizer "quero ser tal coisa" quando nem sei o que fazer no dia seguinte. Sei que preciso decidir logo, mas é muito difícil pensar no que fazer pelo resto da vida. Mas com certeza vou ter mais tempo para me dedicar aos vídeos. E espero um dia conseguir fazer um intercâmbio ou passar um tempo fora do Brasil, só preciso juntar dinheiro pra isso.

***ST**: Qual recado você daria para quem quer começar a criar conteúdo para a internet?*
MP: Não sei se sou a melhor pessoa pra dar conselhos, mas acho que o que deu certo comigo foi tentar ser verdadeira, porque esse é o único motivo que consigo pensar para as pessoas gostarem do que publico! Não tenho nenhum planejamento, nada disso, só compartilho o que estou pensando, o que acho legal. Talvez seja por isso que às vezes as pessoas comentam que queriam ser minhas amigas. Eu falo como se estivesse conversando com minha melhor amiga, a Nina.

26

Arthur me viu de longe e acenou, sacudindo um exemplar da *SuperTeens* como se fosse uma bandeira. Eu sorri ao ver a cena e acelerei o passo para encontrá-lo.

Naquela manhã, eu tinha realmente me assustado ao ver que a entrevista — com fotos minhas! — tinha ido parar também na edição física da revista. Quando minha irmã me acordou antes da aula, saltitando com um exemplar em mãos, eu quase caí para trás. Estava esperando que saísse apenas no site, não que se materializasse em minhas mãos.

— Eu quero um autógrafo — disse Arthur, antes mesmo que eu me sentasse à mesinha da cafeteria que já tinha se tornado nosso ponto de encontro.

Ele me entregou a revista e me deu um beijo na testa — um gesto tão afetuoso que parecia muito mais íntimo do que qualquer outro.

Abri a revista na página com minha entrevista, que estampava duas das fotos tiradas no estúdio. Sorri com a lembrança da sessão de fotos que tinha acontecido mais de uma semana antes: Melissa me acompanhara até o estúdio em Botafogo, onde a revista ofereceu várias trocas de roupa — todas lindas, estilosas e do meu tamanho.

Peguei o estojo na mochila e escolhi uma caneta dourada para assinar no alto da página.

— Eu nem sei como se dá um autógrafo!

— Escreve aí: "Para o meu fã número um". E coloca também que eu sou o mais gato! E me manda um beijo.

Aquilo me fez rir, um riso tranquilo e sincero que Arthur estava se tornando especialista em arrancar de mim.

Para Arthur,

Meu fã número um, o mais bonito e também o mais convencido.

Beijos,

Mariana Prudente

Desenhei um coração ao lado do meu nome e puxei uma linha depois do último E, para deixar charmoso.

— Vai se preparando porque você ainda vai distribuir muitos autógrafos — disse ele, me dando um selinho.

— Como você conseguiu esse exemplar? — perguntei, porque a revista só tinha sido distribuída para assinantes.

Ninguém na escola ainda tinha visto e, de acordo com minha irmã (que se comportava como minha assessora de imprensa), a matéria só seria publicada no site na noite do dia seguinte. Eu só tinha recebido antes porque Melissa pediu uma cópia para a equipe.

— Tenho meus métodos — disse ele.

Eu fiz uma careta, duvidando, e Arthur deu de ombros.

— A minha irmã é assinante — explicou. — Ela viu sua cara na revista e veio me mostrar.

— Como sua irmã conhece a minha cara?

— Você é uma celebridade! — respondeu, apontando para a revista.

— Tá, mas como ela sabe que... ah... que...

— Que a gente se conhece? — completou Arthur, ao ver que eu não sabia bem quais palavras usar para se referir a nós dois.

Assenti, embora não fosse aquela a resposta que eu esperava.

— Isso — respondi, um pouco desanimada.

— Eu já falei de você pra ela.

Um silêncio esquisito pairou entre nós. Eu, tentando descobrir o que ele tinha comentado sobre mim; ele, sem saber o que dizer em seguida.

— Vamos estudar? — perguntei, quebrando o silêncio e tentando deixar a estranheza para mais tarde.

Arthur assentiu e ficamos lá, repassando algumas questões de exatas tiradas de provas anteriores do Enem. Ele me ajudava a interpretar as questões, mostrava como eu podia resolvê-las e me acalmava, dizendo que eu seria capaz de me sair bem. Faltava apenas uma semana para o primeiro dia de prova e eu continuava desorientada, mas com a ajuda que Arthur vinha me dando para estudar, eu sabia que não seria um fracasso completo.

E com os beijos que trocávamos entre uma pausa e outra nos estudos, eu me sentia muito mais motivada a aprender...

A revista chegou às bancas de Niterói dois dias depois. Eu continuava sem postar nada já fazia semanas, por isso, quando passei em frente à banca de jornal perto do colégio e vi a revista exposta, me senti um pouco farsante ao ler a chamada no cantinho: "A nova sensação da internet: leia nossa entrevista com Mariana Prudente, do @marinando".

A *SuperTeens* parecia a última a resistir com suas edições físicas, quando as outras revistas tinham migrado completamente para a internet. Eu adorava a magia de entrar na banca e comprar um novo exemplar, mas naquela manhã passei direto e fui para a escola.

Quando cruzei o portão, avistei o primeiro exemplar.

Duas meninas do segundo ano — a irmã caçula de Bernardo, magrinha e com mechas cor-de-rosa no cabelo, e uma amiga dela, uma menina gorda como eu, mas de cabelos cacheados — liam a última edição da *SuperTeens*. A de cachos tirou os olhos da página por um instante e me viu. Ela cutucou a amiga e as duas me acompanharam com o olhar. Pelo menos dessa vez era por um bom motivo.

A irmã de Bernardo se levantou e correu até mim, segurando a revista nas mãos. A amiga veio em seu encalço.

— Mari, Mari! — chamou, levemente esbaforida. — Você assina a revista pra gente?

Pisquei, meio incrédula. Uma coisa era assinar por brincadeira para Arthur, outra completamente diferente era autografar a revista para duas meninas da minha escola que nunca tinham conversado comigo.

Fiquei estática, sem conseguir responder. A outra menina explicou:

— Pra nós duas, a gente divide a revista.

Apontando para a amiga, disse:

— Iasmin, com I e N no final. E eu sou Cecília, normal.

Iasmin estendeu uma caneta azul para mim junto com a revista. Assim como tinha feito para Arthur, abri na página da matéria e escrevi no canto superior:

Para Iasmin e Cecília,
Com amor ♥
Mariana Prudente

Entreguei a revista e elas sorriram uma para a outra, como se aquela assinatura fosse uma conquista de que se gabar aos outros. Saíram correndo e ainda vi quando encontraram uma terceira menina, cadeirante e com pesados cabelos lisos e pretos, que tinha acabado de atravessar os portões do São João, e as três comemoraram juntas.

Nos últimos meses, tinha me acostumado a muitas coisas estranhas, mas dar autógrafos era mais uma novidade que eu não tinha previsto. Previa menos ainda chegar na sala de aula após o sinal tocar e ser recebida com aplausos e gritinhos da minha turma comemorando minha entrada.

Fiquei parada à porta, sem saber como reagir. Já tinha me acostumado à rejeição e à indiferença dos meus colegas, mas não àquilo. Num dia, fingiam que eu sequer existia; no outro, me aplaudiam.

Felizmente a professora de física entrou logo atrás de mim e fez todo mundo se sentar e ficar em silêncio, mas uma cutucada no meu ombro me fez olhar para trás e pegar o bilhetinho entregue em minha mão:

Adorei a entrevista!! ♥
Ass.: Alba

Ela era uma das amigas mais próximas de Heloísa e nunca tinha pestanejado ao me julgar, mas de repente queria me bajular. Peguei o papel e amassei dentro do bolso, sem dar muita importância. Ele encontraria o caminho da lixeira assim que me levantasse.

Não tinha contado com a hipocrisia dos meus colegas ao aceitar dar a entrevista à *SuperTeens*.

— Com licença, professora — disse a voz da secretária da escola, colocando a cabeça no vão da porta. — Pode liberar a Mariana Prudente para ir à coordenação, por favor?

A turma soltou um assobio baixo e eu marchei até a sala da coordenadora.

— Eu gostaria de falar sobre valores — disse minha irmã para uma pessoa que, até poucos anos atrás, chamava atenção dela quando fazia muita bagunça no recreio.

Quando Graça me explicou que o São João me queria como garota-propaganda para o próximo ano letivo, fiz a única coisa possível: chamar minha mãe. E minha mãe chamou minha irmã, que de repente se transformou na minha agente. E ainda nem tinha dado meio-dia.

— Calma, Melissa — falei.

Virando-me para Graça, completei:

— Obrigada pela proposta, mas eu não quero.

Em uníssono, Melissa, Graça e minha mãe perguntaram:

— *Por quê?*

Eram três contra uma.

Respirei fundo. Seria aquela a hora de contar minha história?

— Eu gosto muito do colégio — disse, o que era verdade, pelo menos até o início do ano. — Foi aqui que eu cresci, estudo no São João desde que aprendi a ler. Só que não me sinto mais *à vontade* aqui.

Procurei o olhar da minha mãe. Quando terminei com Cadu, nós não falamos a respeito. Mesmo quando eu ainda namorava, raramente conversávamos sobre meu relacionamento. Acho que nunca dei muito espaço para isso, e nem sei bem por quê. Melissa sempre era mais aberta do que eu nesse sentido.

Já eu, quando tinha algum problema, corria para as minhas amigas. Minha mãe nunca se negou a me ouvir, mas acho que nunca foi minha primeira opção. Com os anos, acabei me afastando da minha família, depositando minha confiança em outras pessoas. Pessoas que me traíram e viraram as costas para mim, exceto por Nina, que tinha se mostrado a melhor amiga que eu poderia ter.

Nina… que não dava sinal de vida fazia dias, com a justificativa perfeita da proximidade do Enem. Fiz uma nota mental de ir à casa dela o mais breve possível, mas naquele momento tinha um outro assunto urgente para lidar: decidir se contaria ou não à minha mãe, à minha irmã e à coordenadora do colégio por que não me sentia confortável para ser garota-propaganda do lugar que vinha sendo meu pesadelo nos últimos meses.

Mamãe me olhava à espera de uma explicação. Então percebi que não era capaz de confessar a história inteira.

— Ah… é que nos últimos meses acabei me afastando dos meus colegas, muitas coisas aconteceram — falei, deixando várias lacunas na justificativa. — Só… só quero deixar a escola para trás. Desculpa. Se fosse no começo do ano, talvez eu realmente considerasse, mas hoje não faz mais sentido.

— Aconteceu alguma coisa na escola? — Graça quis saber.

Eu fiquei muito surpresa com a pergunta, porque a hostilidade que vinha da escola inteira nos últimos tempos era óbvia. Sem reação, neguei com a cabeça.

Não era possível que Graça não soubesse dos rumores que me acompanhavam desde a volta às aulas. Foi aí que me dei conta de que não queria *mesmo* representar um lugar que não tinha percebido como meus colegas me excluíam e falavam coisas horríveis sobre mim. Ou que tinha percebido, mas não dera importância. O mesmo colégio que tinha me levado à casa de Leo naquela tarde em que tudo se transformaria para sempre.

A raiva começou a borbulhar dentro de mim. Não planejei o que saiu da minha boca em seguida:

— O que *não* aconteceu, né, Graça? Não sei se você presta atenção no que falam pelos corredores, mas a minha turma andou me chamando de piranha pra baixo nos últimos meses. E era só assim que falavam comigo. Hoje, que eu saí numa revista, todos vieram de gracinha pra cima de mim, mas não se preocuparam comigo em momento nenhum quando o meu namorado me trocou pela minha melhor amiga e a escola toda começou a colocar a culpa em *mim* porque um aluno inventou que eu tinha transado com ele, quando na verdade ele tentou me agarrar enquanto a gente fazia um trabalho da escola!

Só quando as últimas palavras saíram da minha boca, carregadas de raiva, tristeza e rancor, é que me dei conta do que tinha feito.

Cobri a boca, tentei conter as lágrimas, mas já era tarde. Não podia retirar o que tinha dito.

27

Aconteceu no mês de maio.

— Vou separar vocês em duplas para o trabalho — disse ela.

Josiane era uma mulher negra, de vasta cabeleira preta e crespa, recém-saída da faculdade, que tinha a missão de dar aula para um bando de adolescentes sem o menor ânimo para estudar a matéria.

Eu gostava de Josi, como ela preferia ser chamada. Quando ainda estava na faculdade, ela era uma das monitoras do ensino médio, auxiliando os alunos que estavam na fase de pré-vestibular. Mas só fui conhecê-la de verdade quando ela assumiu nossa turma, porque, apesar de não ser a melhor aluna em literatura, eu também não era a pior — conseguia me virar.

O resto dos alunos, por outro lado, passava a aula inteira em outro planeta. Josiane tentava, a todo custo, fazer com que a gente se interessasse pelas aulas.

— Quero que cada um escreva o próprio nome num papelzinho e deposite aqui!

Ela tirou uma caixa de sapatos decorada com papel de presente florido de uma sacola que carregava. Josi estava sempre cheia de bolsas, livros e qualquer outra coisa que precisasse levar para cima e para baixo em busca de um pouco de dedicação dos alunos.

— A gente vai sortear as duplas.

A turma soltou um lamento coletivo, mas ela não desistia fácil, por isso logo tínhamos colocado nossos papeizinhos dentro da caixa, que ela sacudiu com vontade.

— Não vale olhar na hora de tirar, hein? — falou, ao passar pela sala fazendo com que cada um tirasse um nome e lesse em voz alta. — Se alguém falar seu nome, você já sabe que essa pessoa vai ser sua dupla, então não precisa pegar seu papel. Se você tirar o nome de alguém que já tem dupla, é só me entregar o papel e tirar outro. Se for o seu próprio nome, é só fazer o mesmo.

Achei o método pouco eficaz, mas não discuti.

— Cadu, a gente vai fazer junto! — gritou Helô, animada, ao tirar o nome dele da caixinha.

— Troca comigo — pedi, fazendo bico.

Josi logo interveio:

— Não podem trocar de duplas!

Heloísa deu de ombros e eu puxei um papel da caixa. Li o nome em voz alta:

— Leandro Teixeira Fonseca.

— Maneiro — disse ele, acenando para mim e dando um sorriso.

Leo era um dos amigos de Cadu, mas nunca tínhamos sido próximos. Eu sempre me sentia um pouco esquisita perto dele, mas não era mais do que uma sensação. Uma sensação que podia muito bem ser um aviso do meu subconsciente.

O trabalho era simples: cada dupla deveria apresentar um texto com sua interpretação sobre um dos livros selecionados para o vestibular da universidade estadual. Josi disse que era uma forma de conhecermos a visão dos nossos colegas sobre os livros, ampliar nossa interpretação sobre eles e ainda uma maneira de estudarmos os títulos que seriam exigidos na prova. Minha dupla ficou com *Dom Casmurro*.

— Podemos marcar de vir à sala de estudos durante a semana — sugeri, pois parecia mais prático fazer o trabalho na escola.

— Ah, Mari, é que essa semana tá corrida — Leo argumentou. — Depois que eu saio da escola tenho sempre coisa pra fazer... futebol, aula de inglês, essas coisas. Será que não pode ser no sábado, não? A gente faz lá em casa, fica melhor pra mim.

— Hm, tá bem — concordei meio de má vontade.

Leo tinha a fama de ser meio encostado na hora de fazer trabalhos. Estava longe de ser o melhor aluno da turma — *longe* talvez fosse elogio, só um milagre e um tanto de cola durante as provas o tinham levado até o último ano do ensino médio. Eu já estava resignada a fazer todo o trabalho sozinha, mas talvez na casa dele eu conseguisse que aquele folgado colaborasse ao menos um pouco.

Por isso, naquele sábado fui ao prédio de Leandro e fiquei esperando até que ele abrisse a porta do apartamento, apesar de ter sido anunciada pelo porteiro. Depois de passar uns cinco minutos de pé no corredor e quase pensar em dar meia-volta e ir embora, a porta se abriu e Leo apareceu, sem camisa e vestindo uma bermuda meio larga que caía por seus quadris magrelos e brancos. Ele parecia achar que estava arrasando, mas só me matou de vergonha.

— Finalmente — resmunguei, passando por ele e entrando na sala de estar perfeitamente arrumada, que parecia saída de uma revista de decoração.

— Meus pais não estão — comentou ele, casual. — Foram na casa da minha avó. É bom que a gente fica mais tranquilo pra fazer o trabalho. Vamos lá pro meu quarto? Aqui na sala é muito quente, lá tem ar-condicionado.

Eu não estava com calor; apesar de serem meados de maio, já começava a ficar friozinho, mas meninos sempre eram mais calorentos. Cadu, meu namorado, parecia nunca sentir frio e vivia com o ar-condicionado no talo.

Leo fechou a porta para não deixar escapar o ar e minha espinha gelou. Não era só o frio do ar, mas algo estava me incomodando naquela situação. O quarto dele era o oposto da sala: sem muitas decorações, meio bagunçado, com roupa de cama azul-marinho e um monte de roupa jogada na cadeira do computador. Havia uma grande mesa de estudos e um computador equipado, daqueles com luzes coloridas.

— Deixa eu tirar essas roupas daqui — disse ele, tirando a pilha e jogando em cima da cama para vagar a cadeira.

A gente se sentou à mesa de estudos, um ao lado do outro — ele tinha trazido uma cadeira da sala de jantar —, e eu tirei meu livro e o notebook da bolsa. Leo aproximou a cadeira de rodinhas de mim, ficando mais perto do que era confortável.

— Você leu o livro, né? — perguntei, arrastando a cadeira um pouco mais para o lado.

Leo se apoiou no encosto e deu um estalo com a língua.

— Nem li — respondeu exatamente o que eu esperava. — Mas vi umas resenhas na internet. Achei uma versão resumida também, daí passei o olho.

Ele *passou o olho* no resumo de um livro.

— E...?

— Põe aí que a Capitu traiu o Bentinho, pô! Não é sobre isso o livro?

Eu revirei os olhos.

— O livro não é só sobre isso. E a questão toda é que não dá pra saber, ainda mais porque o Bentinho *claramente* era paranoico. E desde o começo dá pra sentir que ele não é confiável, então a gente tá vendo algo pela ótica dele, que tem a fama de ser teimoso, fechado, meio cabeça-dura. É isso que significa "casmurro", sabia?

Então foi a vez dele de revirar os olhos.

— A gente não precisa fazer nada elaborado. E você comentou outro dia que era pra ter a opinião de nós dois, né? Você pode ter outra opinião, mas essa é a minha.

— Você nem leu o livro!

— E a professora não precisa saber — disse, com um sorrisinho, chegando mais perto de mim.

— Mas eu sei!

— Bem que o Cadu comentou que você era toda certinha — falou, dando uma risada meio sacana, recheada de malandragem.

Leo era muito próximo de Cadu, mas eu nunca tinha ido com a cara dele. Ao seu lado, sentia sempre que meu espaço estava sendo invadido. E, naquele momento, realmente estava. Enquanto eu me esforçava para terminar o trabalho, Leo ficava se aproximando, fazendo piadinhas inconvenientes e não ajudava em nada nas atividades.

Eu me virei e disse:

— Acho que vou embora. Vou terminar minha parte em casa, já que não tem muita coisa sua pra fazer — falei, porque a opinião de Leo sobre o livro era tão básica que consegui condensar em dois parágrafos, com muito esforço.

Era melhor fazer minha parte sozinha, longe dali, do que aguentar cada comentário com duplo sentido que ele vinha fazendo. Fiz sinal de me levantar e Leo arrastou a cadeira de rodinhas, colocando-se entre a porta e eu.

— Fica mais — pediu, fazendo bico.

Alguém tinha que contar a ele que aquele biquinho não era fofo, só esquisito.

— A gente pode ver um filme, descansar um pouco... — insistiu.

Eu me coloquei de pé e falei:

— Desculpa, não vai dar. Combinei de encontrar o Cadu e...

Leandro se levantou também. Eu peguei minhas coisas com pressa e joguei na mochila. Quando cheguei perto da porta, ele me encurralou contra a parede e fechou o caminho com os braços e o corpo.

Aquilo me deixou em alerta. Agarrei a mochila com as minhas coisas como se a minha vida dependesse disso.

— O Cadu é um mané — falou.

— Não fala assim dele, ele é seu amigo — comentei, a voz desaparecendo como um fiapo.

Não queria soar tão boba ou fraca, mas era impossível esconder a insegurança.

A postura que Leo tinha adotado fez com que eu me encolhesse, com vontade de desaparecer. Ele chegou com a boca perto da minha e sussurrou:

— Você merece mais, Mariana.

Então ele me beijou. Só que não correspondi ao beijo. Para mim, aqueles lábios tinham sabor de repulsa. Eu travei os dentes, enquanto ele forçava a língua, a boca e o corpo contra mim, suas mãos brutas e pesadas tocando lugares que nem mesmo Cadu tinha permissão de tocar.

A mochila, que eu apertava com tanta força, caiu das minhas mãos de forma quase involuntária, aos pés dele. Foi o suficiente para que Leo se distraísse, apenas a fração de tempo que eu precisava para reagir. O segundo que eu precisava para criar uma fagulha de coragem e dar uma joelhada no saco dele, empurrá-lo para longe enquanto ele gritava, pegar minha mochila do chão e sair correndo corredor afora.

A porta do apartamento estava fechada, mas a chave permanecia pendurada na fechadura, brilhando como uma promessa de liberdade. Com as mãos trêmulas, girei a chave ao mesmo tempo que ouvi Leo gritar meu nome. Saí do apartamento a tempo de vê-lo caminhar até a sala, com as mãos no meio das pernas, cambaleando.

— Sua piranha, você vai me pagar — gritou, enquanto eu batia a porta atrás de mim.

Cheguei em casa, abri o chuveiro e chorei. Naquele fim de semana, não saí de casa, não liguei para Cadu e deixei o celular desconectado. Não conseguia nem queria falar com ninguém.

Terminei o trabalho de literatura no automático. Escrevi as partes do Leo, expus os meus argumentos e, quando alguém me chamava para comer ou sair do quarto, eu dava a desculpa de estar concentrada no exercício. Tinha perdido o apetite.

Cadu também não apareceu para saber o motivo de meu silêncio. Eram só dois dias, afinal. Na segunda-feira estaríamos juntos de novo.

* * *

E a segunda-feira chegou. Com ela, uma ansiedade gigantesca. Minha única companhia naquela madrugada tinha sido a música do Tempest, vazando pelos meus fones de ouvido. Eu me agarrava àquelas canções como um colete salva-vidas.

Minha irmã bateu à porta do quarto, perguntando se eu não ia para a escola. Não tive coragem de responder. Apenas me levantei, coloquei o uniforme de qualquer jeito e fui — não sem antes ganhar um abraço apertado de Melissa que valeu por uma vida inteira. Ela nunca soube a força daquele abraço. Como precisava daquele cuidado.

Então fui para a escola, atravessei os portões e minha vida nunca mais foi a mesma.

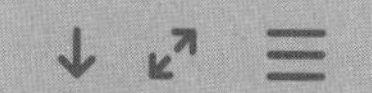

18.410 visualizações
Comentários fechados

2.165

Faz um tempo que não apareço por aqui, mas é que a vida real tá corrida. Eu odeio pensar nos termos "vida real" e "vida virtual", porque passo noite e dia conectada, então é tudo uma coisa só e o que eu faço na internet se reflete fora dela. Acho que nunca me imaginei sendo *famosa*, mas de repente isso aqui cresceu de um jeito que eu não imaginava. Descobri que vocês gostam de mim, mas entrei numa paranoia porque é muito difícil saber se gostam de mim ou só do que estou mostrando. Mas se sou eu que estou mostrando, ainda sou eu, né?

Ninguém se mostra por inteiro. Seja nas redes sociais ou fora delas. Ou vai dizer que você conta todos os detalhes da sua vida pros seus pais, ou que suas amigas sabem cada pensamento seu? Claro que não. Eu odeio quando dizem que a gente tá fingindo ser o que não é nas redes sociais só por não mostrar todas as nossas feridas, o que estamos sentindo... É cada dia mais impossível transformar as redes sociais num diário, porque a qualquer hora alguém pode te descobrir e BUM, sua vida virar de cabeça pra baixo.

Por isso eu precisei passar um tempo quieta. Se bem que eu não estava muito quieta, né? Vocês me viram na *SuperTeens*. Tem horas que a vida realmente parece um sonho e coisas legais acontecem porque vocês me acompanham por aqui. Mas com o Enem batendo à porta e um monte de escolhas para fazer, eu resolvi dar um tempo.

Voltei só para avisar que eu tô viva. Não sei se "bem" é a melhor palavra, porque todos os dias me desespero pensando no que vou escolher pro meu futuro ou se vou conseguir uma nota boa em exatas, mas tô viva. E talvez eu ainda suma por mais um tempinho, mas quero voltar. Eu sempre volto. Acabei me acostumando com essa vida real-virtual. Então até daqui a pouco.

28

Os dias depois daquela conversa foram excruciantes — palavra que eu tinha aprendido enquanto estudava para o Enem e se aplicava perfeitamente ao momento. Não sabia dizer o que havia me feito confessar para minha mãe e para minha irmã tudo o que tinha acontecido. E pior: contar também para a própria coordenadora do São João!

Nina era a única que conhecia aquela história. Minha melhor amiga tinha me acolhido, sem julgamentos e sem exigir que eu tomasse uma atitude. Ela só perguntou o que eu queria fazer. E eu queria o silêncio. Falar do assunto era pesado demais, ainda mais quando, na volta ao colégio, circulava uma história tão diferente da realidade.

Leandro tinha se apressado em espalhar sua versão dos fatos: que eu tinha dado em cima dele e que havíamos ficado. Não demorou muito para a história virar uma bola de neve — em poucos dias a escola inteira acreditava que eu tinha transado com ele.

Claro que ele se fez de arrependido e óbvio que o Cadu acreditou. Meu então namorado nem sequer teve a decência de vir conversar comigo e perguntar se era verdade. Quando cheguei à escola naquela fatídica segunda-feira, ele me chamou num canto e disse que estava tudo terminado entre nós. Dois anos de namoro jogados no lixo sem nem mesmo uma conversa.

Mas a maior decepção tinha sido Heloísa. Quando a procurei, ela disse que estava decepcionada comigo, que não acreditava que eu tinha feito aquilo com o Cadu, e não quis me escutar. Nem levou muito para começar a namorar meu ex-namorado. E toda a escola ficou ao lado deles, porque, aos olhos de todos, era minha culpa. Desde então, eu carregava aquela história comigo.

Até que soltei tudo em frente a três pessoas que podiam fazer algo a respeito.

— Não acredito que isso aconteceu aqui dentro desta escola e ninguém fez nada! — A voz da minha mãe estava quase transbordando pelas paredes. — Vocês precisam tomar medidas urgentes, ou vou colocar a polícia inteira aqui dentro!

— Mãe… — gemi baixinho, tentando impedir o furacão que se aproximava. — Deixa isso pra lá, por favor.

Melissa segurou a minha mão. Minha irmã estava se tornando uma amiga e uma aliada como jamais imaginei que fosse possível. Nos últimos meses, eu tinha descoberto que ela era alguém que estaria sempre disposta a me defender.

— Graça — chamou Melissa, cheia de autoridade, usando seu tom de voz mais profissional —, acho que já entendemos por que a Mariana não se sente à vontade para atrelar sua imagem à escola. E é um absurdo que ela tenha passado por isso enquanto fazia uma atividade escolar. Para completar, os colegas excluíram a minha irmã esse tempo inteiro, e vocês não fizeram nada a respeito.

— Mariana nunca se queixou disso, e a pior parte não aconteceu aqui dentro. Se nós soubéssemos…

— Talvez vocês precisem prestar mais atenção no que acontece nos limites do colégio, mas também garantir a segurança dos seus alunos.

As vozes se alteraram mais uma vez. Enquanto as três discutiam, eu queria desaparecer. Se eu tivesse ficado em silêncio, não estaria no meio daquele turbilhão.

Ao atravessar o portão da escola, permiti que as lágrimas caíssem. Chorei de soluçar, mas daquela vez não chorei sozinha. Senti os braços da minha mãe me envolverem num abraço apertado. Minhas lágrimas encharcaram sua blusa, mas ela não me afastou. Pelo contrário, me segurou com mais força e ternura.

Não tinha me dado conta do quanto precisava daquele abraço até recebê-lo. A mão de Melissa acarinhava meus cabelos. E ali, nos braços da minha mãe e da minha irmã, encontrei o abrigo que esperava fazia tanto tempo.

Levou alguns dias até que todas as providências fossem tomadas, dentro das capacidades da escola. Leo foi chamado para a coordenação, assim como os pais dele. No fim, a escola fez uma proposta — ele seria suspenso por uma semana e terminaria os estudos em outra turma, além de não poder participar da formatura. Ele não ficou satisfeito, muito menos os pais dele. Já estávamos nos aproximando do último trimestre, então, para não gerar mais conflitos, a escola e a família do Leo entraram em acordo para que ele fizesse uma série de provas para concluir o último ano, sem precisar voltar ao colégio.

— Você acredita que ontem ele postou nas redes sociais que vai pra Europa fazer um intercâmbio para "crescimento pessoal"? O imbecil precisou de um acordo para não ser expulso da escola, fez o que fez comigo e ainda ganhou uma viagem internacional de brinde.

— Não fica pensando nisso — respondeu Nina, tentando me afastar daquele assunto que tanto me perturbava.

A primeira prova do Enem seria na manhã seguinte e, depois de muita insistência, a mãe dela tinha deixado ela dormir na minha casa.

— Pelo menos você não vai ter que cruzar com aquele idiota de novo — acrescentou.

Ela estava certa, em partes, mas a sensação que prevalecia era a de que ele estava sendo recompensado por ser um lixo, enquanto eu... Eu ignorava veementemente as centenas de marcações diárias nas minhas redes sociais, não tinha a mais remota ideia do que faria com meu resultado do Enem, nem tinha capacidade de ir bem na prova. Além disso, todas as vezes que Arthur tinha me chamado para sair com ele nos dias anteriores, eu tinha desconversado com a desculpa de que precisava me concentrar na prova, mesmo que ele tivesse se oferecido para revisar o conteúdo comigo. Eu estava com medo de encontrá-lo, embora nem houvesse um motivo racional pra isso.

Como se lesse meus pensamentos, Nina colocou o álbum do Tempest para tocar, uma forma de tranquilizar nós duas, e quis saber:

— E como vai aquele menino da covinha?

Peguei uma almofada e joguei em cima dela.

— Ai, o que foi?

— Eu não fico te perguntando como vai a menina que você conheceu no FANDOM.COM!

No início do ano, Nina estava de papo com uma menina que comentava religiosamente nas fanfics dela. Por muito tempo a tal Fernanda era o único assunto da Nina além do vestibular, mas fazia meses que ela não tocava no nome da garota. Perdida demais em meu próprio furacão nos últimos meses, só então me dei conta de que, desde o que havia acontecido com o Leo, eu tinha parado de perguntar à minha amiga as coisas mais básicas da vida dela.

Nina deu um suspiro cansado.

— Achei que você nunca ia perguntar — falou, com uma pitada de ressentimento na voz. — Ela tá ótima, arrumou uma namorada linda que tem o bônus de não morar a quatrocentos quilômetros de distância e não passar a vida fora das redes porque está atolada até o pescoço em estudos tentando passar para engenharia química!

— Duvido que a menina seja mais bonita do que você — falei.

Nina era uma das pessoas mais lindas que eu conhecia, por dentro e por fora. Seus cabelos levemente cacheados caíam nos ombros, e sua pele era de um marrom um pouco escuro, meio desbotada pela falta de sol. Seus lábios eram carnudos e naturalmente rosados.

— Tudo bem, faz parte da jornada lésbica se apaixonar por uma garota inalcançável do outro lado do país. Estou criando uma casca para finalmente viver quando entrar na faculdade.

— Até parece! Você vai ser aquela que passa o dia enfurnada na biblioteca estudando.

— E em meio às estantes vou encontrar outra mulher linda que não tem vida social além de estudar e nós vamos esbarrar sem querer uma na outra, derrubar nossos livros no chão e nos apaixonar quando nossos olhares se encontrarem.

— Você assiste a comédias românticas demais.

— Menos do que eu gostaria, a maioria é muito hétero pro meu gosto.

Nina fez uma pausa e me olhou:

— Mas não desvie do assunto! Eu quero saber do Arthur.

— Ah, ele tá bem... a gente às vezes se encontra porque ele me ajuda a revisar as matérias de exatas — respondi.

— Ui, estamos evoluindo! — Nina brincou.

— Não se empolgue — falei. — A gente nem se viu esta semana. Acho que a última coisa que quero é pensar em outro cara.

— Te entendo — respondeu, fingindo seriedade.

Em seguida, caímos na gargalhada.

— Não tô brincando! — rebati, ainda tentando conter o riso. — É sério... O Arthur é muito legal, ele sempre me manda mensagem preocupado e tudo mais, tem respeitado meu tempo, só que... acho que tenho medo.

Admitir esse medo em voz alta era novidade para mim, mas com a Nina eu me sentia confortável para falar sobre minhas vulnerabilidades. Ela ficou em silêncio, esperando que eu explicasse melhor o que queria dizer.

— Acho que passei tempo demais namorando o Cadu, entregando meus sentimentos na mão dele, daí tomei aquele golpe. Ele ter ficado do lado do Leo e nem ter me escutado acabou comigo. Sinto que ainda não tive tempo para mim mesma, para saber o que eu espero ou o que eu quero da minha vida. Eu me sinto tão perdida! E se eu me apaixonar pelo Arthur e ele me magoar do mesmo jeito?

Nina segurou minhas mãos com carinho. Eu a queria tão bem quanto à minha irmã — talvez até um pouco mais.

— Amiga, não dá pra prever o que as outras pessoas vão fazer com os nossos sentimentos. Acho que, em algum momento, todo mundo vai nos decepcionar.

— Você nunca me decepcionou.

— Ai, que mentira! A cara nem arde... Claro que já te magoei, Mari. E você também já me chateou! Quando eu era criança ficava fula da vida toda vez que você estragava as minhas bonecas.

Eu ri. Nina tinha o dom de trazer suavidade para as conversas mais duras.

— Mas eu continuo te amando, mesmo você tendo rasgado boa parte das roupas das minhas Polly Pockets.

— Elas eram de borracha! Rasgavam fácil — justifiquei.

— Que seja! Apesar de você ser uma destruidora de brinquedos, eu ainda gosto de você. Todo mundo vai errar, Mari. Eu não consigo imaginar a dimensão dessa tempestade que você atravessou, mas nunca vou te deixar sozinha, viu? Deve ser muito difícil confiar em alguém depois disso tudo, mas não feche o seu coração. Não estou falando só do Arthur, estou pedindo pra você não fechar o coração para o mundo, para as oportunidades que você pode ter, para novos amigos. Existe gente escrota, mas também existe gente incrível. Infelizmente você cruzou com um punhado da primeira espécie, mas a melhor parte de finalmente se livrar da escola é que a gente vai ter a chance de conhecer um monte de gente nova e, com sorte, elas vão ser bem melhores do que as que estudaram com a gente.

— Eu te amo, sabia?

Nina assentiu e me deu um abraço do qual eu não queria mais escapar. Minha amiga sempre se sentira desajustada no São João, onde todo mundo cabia em caixinhas nas quais ela não se encaixava. Heloísa parecia apenas suportá-la, mas jamais tinha sido amiga de verdade de nenhuma de nós. Na escola nova, as pessoas eram legais, mas tudo parecia superficial porque ela tinha chegado no último ano e todo mundo estava preocupado demais com o Enem. Ela sonhava com a faculdade e tudo o que a nova fase representaria.

— Eu sei, você nunca saiu do meu lado.

— E nem você do meu.

— É pra isso que servem as amigas.

Beijei o topo da sua cabeça e ela me apertou mais forte, com braços tão magros que pareciam prestes a se partir. Nina era pele e osso, seus cabelos e sua pele tinham perdido o viço, a tensão do vestibular a desmanchava dia após dia.

— Manda uma mensagem pra ele — sugeriu. — Chama pra um sorvete com batata frita pós-Enem, sei lá. Você vai terminar bem antes de mim mesmo...

Sorri. Minha amiga me conhecia muito bem.

Peguei o celular e mandei um "oi" para Arthur, que respondeu tão rápido que até parecia que estava com a janela da conversa aberta.

— O que eu faria sem você? — perguntei.

— Espero que a gente nunca precise descobrir.

29

As palavras já se embaralhavam diante dos meus olhos quando finalmente coloquei um ponto final na redação e entreguei à fiscal de prova.

Nina estava certa: fui uma das primeiras a terminar. Saí da sala exausta, mas não tinha o que fazer além de esperar o gabarito e especular o resultado. Quando cruzei o portão, pesquei o celular do bolso para mandar uma mensagem para Arthur.

— Perdeu, perdeu — disse uma voz masculina ao meu lado assim que peguei o celular, e eu congelei dos pés à cabeça. — Mas me encontrou e é isso que importa.

Eu me virei e dei de cara com Arthur.

— Eu vou te matar! — falei, com um tapa no braço dele, ainda me recuperando. — Que susto. Brincadeira besta, credo.

O sorriso de Arthur se desfez e se transformou num bico triste.

— Desculpa — pediu, com cara de cão arrependido. — Prometo que não faço mais brincadeira idiota — disse, colocando as duas mãos juntas em sinal de prece. — Como foi a prova?

— Difícil, mas acho que alguma coisa consegui salvar.

— Pensa pelo lado positivo: ninguém tira zero no Enem!

Caminhamos lado a lado pela calçada abarrotada de pessoas esperando — familiares, amigos, namorados. Passamos pela barraca da escola preparatória em que a Nina estudava. Era uma daquelas feitas para amedrontar os outros concorrentes; eles haviam montado um esquema de guerra e distribuíam água mineral, barrinhas de cereal — que a Nina catou pra mim —, canetas e até mesmo uma camiseta com a frase "A vaga é minha" para os alunos — que minha amiga prontamente escondeu dentro da mochila pra ninguém ver.

— Como você soube que queria fazer arquitetura?

— Eu já te disse que não era a minha primeira opção, né? Como minha família não gostava da ideia de eu cursar música, fui lendo um pouco sobre várias coisas, vi uns vídeos, daí finalmente escolhi. Não quis pensar muito.

— Na última semana teve um dia de palestras lá no colégio com gente de várias áreas. Eles chamaram uma médica, um engenheiro, tinha uma dentista e até uma gastrônoma.

— Você podia fazer gastronomia. Suas redes já se chamam "marinando", o nome perfeito para um restaurante especialista em marinadas.

Eu ri, me lembrando de todas as pessoas que caíam nas minhas publicações por engano graças ao meu nome de usuário, achando que eu fazia receitas.

— Eu só gosto de comer, cozinhar já é demais pra mim.

— Falando em comida, você deve estar com fome, né? Muitas horas de prova — comentou.

Meu estômago roncou na mesma hora. Arthur riu.

— Acho que isso é um "sim".

★ ★ ★

Arthur era minha alma gêmea: ele também amava sorvete de casquinha com batata frita.

Nossas conversas eram fáceis, tranquilas. Quanto mais nos conhecíamos, menos a pequena diferença de idade entre nós me deixava insegura. Ele se interessava pelo que eu tinha a dizer e, entre uma mordida e outra no hambúrguer, fazíamos piadinhas, compartilhávamos histórias e eu me sentia mais e mais à vontade.

Não conseguia parar de pensar no que a Nina tinha me dito na noite anterior sobre dar uma chance às pessoas, apesar de todas as minhas cicatrizes.

— Por que você não tem publicado mais vídeos? — perguntou Arthur, mergulhando uma batata na casquinha de baunilha.

— Mas eu postei esses dias!

— Dizendo que não sabe quando vai fazer isso de novo.

Touché.

Foi minha vez de mergulhar uma batata no sorvete e mastigar, para adiar a resposta. Só que Arthur me olhava de um jeito especial. Ele parecia realmente preocupado comigo e interessado no que eu tinha a dizer.

Depois da matéria na *SuperTeens* — e da proposta de Graça, que recusamos —, eu tinha começado a perceber que talvez o que eu publicava realmente podia ser chamado de "conteúdo". Só que, em vez de me animar, essa ideia me paralisava. E se eu não fosse boa o suficiente? E se não conseguisse dar conta de entregar o que as pessoas esperavam de mim?

— Eu tenho medo — admiti. — Eu me sinto… exposta? Você sabia que hoje uma menina me reconheceu *na sala*? Fazendo prova? E eu nem sou famosa! Acho que não estava pensando bem quando comecei, agora eu fico imaginando o que as pessoas querem, o que esperam de mim, e isso me trava. No fim, não consigo fazer muita coisa e acho que tudo que estou colocando na internet é ruim, que outras pessoas podem fazer melhor.

Arthur segurou minha mão por cima da mesa. Seus dedos eram levemente calejados por conta do violão. Já tinha visto alguns vídeos curtos dele tocando nas redes sociais, mas de repente imaginei como seria vê-lo ao vivo, cantando com sua voz rouca. Havia carinho e amparo em seu toque. Ele me transmitia segurança. Só isso explicava a facilidade com que eu desabafava com ele.

— Deve ser muito esquisito ter gente te reconhecendo, né? Eu vejo pelos artistas que fazem show lá na Lore. O pessoal pira, vai pra porta do hotel, tenta invadir camarim... De um lado tem alguém que só tá fazendo o que gosta, que sabe que isso impacta os outros, mas geralmente não começou a fazer só pra ficar famoso, e sim porque é o que ama fazer. Quando eu faço música, só penso no que eu tô sentindo, no que eu quero colocar pra fora. Mas de repente, quando eles põem essas canções no mundo, outras pessoas se identificam e não é mais só deles. Vira algo coletivo. E acho que é isso que faz com que você seja fã de uma banda, por exemplo. Você encontra refúgio ali. Você não ama o Tempest? Agora eles sabem quem você é porque você é famosa.

Arthur fez uma pausa e eu dei uma risadinha. Imaginar que minha banda favorita conhecia minha cara sempre me deixava num misto de euforia e descrença.

— Mas — continuou ele —, no geral, eles não conhecem as

pessoas que gostam deles. Só sabem que elas existem. Pode ser que os caras tenham sonhado com a fama algum dia, não dá pra saber. Mas também tenho certeza que eles não imaginavam as proporções que isso ia ganhar. Acho que com os vídeos deve ser parecido, né? Tem gente que se identifica...

— ... tem gente que odeia — interrompi.

Aquele era mais um dos motivos que me deixavam com medo de compartilhar.

— Sempre vai ter — ele disse. — E faz parte, né? Ninguém nasceu pra agradar todo mundo. Se bem que eu queria que todo mundo gostasse de mim.

— Eu gosto de você — falei, me surpreendendo com minhas próprias palavras.

Arthur piscou, perdendo o fio da meada por um instante. Ele logo se recompôs e respondeu:

— Eu também gosto de você, Mari. Você é uma das pessoas mais especiais que eu conheço. E acho que isso se reflete nos vídeos que você faz. Talvez seja um dos motivos para tanta gente assistir o que você publica e continuar te acompanhando e pedindo mais, mesmo que você não poste nada há semanas. Você tem algo a dar para essas pessoas.

— Tá, mas o que eu faço? — perguntei, tentando ignorar o fato de que ele tinha dito que também gostava de mim, mesmo que logo em seguida tivesse desenvolvido a frase de forma a colocar aquele "gostar" no mesmo patamar dos sentimentos que as pessoas que acompanhavam meu canal nutriam por mim.

Céus, eu pensava demais.

— Você pode continuar fazendo os vídeos como antes, ver até onde isso pode te levar...

— Mas e a faculdade? Os meus pais não me pressionam tanto, mas me sinto na obrigação de fazer alguma coisa. Sei que é o que eles esperam de mim. Não é que eles queiram que eu seja médica, advogada ou engenheira. Se bem que meu pai ia amar que eu fosse advogada que nem ele... Mas acho que os dois ficariam felizes com qualquer escolha que eu fizesse. Só que eu não sei! Eu estava falando das palestras... elas foram ótimas, mas eu não me sinto pronta para nada!

— Teve alguma que você curtiu mais?

— Tinha uma moça que foi lá e era formada em publicidade. Ela contou um pouco sobre o que fazia, e eu já tinha pensado nesse curso algumas vezes. Não é o meu sonho de vida, mas foi a palestra que mais me interessou, e eu nunca sonhei de verdade com nenhum curso. Parece que dá pra atuar em muitas coisas, talvez eu até possa me voltar para o digital...

— Isso parece ótimo — ele disse, genuinamente interessado. — Nem todo mundo sabe de cara o que quer fazer, pode ser até que você mude de curso no caminho. Deus sabe que eu queria mudar...

— E por que não muda? Você toca bem, tem uma voz ótima, seria um excelente músico.

— Sabe, no começo eu fiquei muito bolado com o meu pai, porque ele disse que eu precisava fazer um "curso de verdade" primeiro, como se a música não fosse uma profissão. Eu tenho muita vontade de me aprimorar, mas acho que agora não é o melhor momento. Eu gosto de arquitetura. Claro, não era a minha primeira opção, ainda quero estudar música, mas um passo de cada vez.

Comi a última batata frita e Arthur me abraçou. Suas últimas palavras ecoaram em mim: "um passo de cada vez". Apoiei a cabeça no ombro dele, inspirando o perfume que já tinha se tornado familiar. Ele segurou meu rosto com a mão e me deu um beijo suave e carinhoso. E, naquele instante, senti que já tinha atravessado o pior da tempestade.

Você tem 48 e-mails não lidos

De: Maria Moranga Modas

Para: Mariana Prudente

Assunto: Coleção verão

Olá, Mariana!

Somos a equipe comercial da Maria Moranga, uma marca de roupas que busca abraçar todos os corpos, trazendo cores e um estilo único para mulheres de todos os tamanhos. Nossas roupas são vibrantes, coloridas e divertidas, assim como você.

Aqui na Moranga ficamos apaixonados pelos seus vídeos, pelo seu jeito de se expressar e pela alegria que você transmite para quem te acompanha. Nós viramos fãs!

Gostaríamos de um contato comercial para propormos sua participação na campanha de verão da Maria Moranga.

Estamos à espera de uma resposta!

Um abraço,

Carla Pontes

Marketing Maria Moranga

De: André Chagas – Travel Experience

Para: Mariana Prudente

Assunto: Parceria de viagens

Olá,

Meu nome é André Chagas, falo em nome da Travel Experience, uma empresa especializada em intercâmbios e viagens para jovens e adolescentes. Temos acompanhado seu conteúdo nas redes sociais e sua recente entrevista à *SuperTeens*.

Anualmente, recrutamos um time de influenciadores para trabalharem conosco divulgando nossos produtos no ano seguinte. Em nossas redes e no material anexo, é possível ver alguns exemplos de trabalhos que já realizamos com diversos produtores de conteúdo, envolvendo presença em nossos eventos e participação em viagens e intercâmbios organizados pela nossa agência.

Seu conteúdo transmite valores em que nossa empresa acredita, além da convergência de público. Gostaríamos de iniciar uma conversa para que você faça parte do nosso próximo time de influenciadores.

Atenciosamente,

André Chagas

De: Margareth Torres

Para: Mariana Prudente

Assunto: Sugestão

---

oi,

meu nome é margareth e vi seus vídeos porque estava procurando receitas de marinada de frango, mas não encontrei. sugiro que vc faça vídeos ensinando a marinar carnes!

bjs

30

— Acho que já sei o que quero fazer — comentei, me sentando ao lado de Bernardo em uma das mesas da cantina. — Na faculdade, digo.

— Então aquele aconselhamento profissional que tivemos semana passada te ajudou em alguma coisa?

— Um pouco, mas não foi só isso. Andei pesquisando sobre publicidade, outras pessoas me sugeriram o curso, e parece o melhor pra mim — respondi.

— E vai te ajudar muito, agora que você é tipo... uma celebridade na internet.

Fiz uma careta e dispensei o elogio com a mão, dando uma mordida no sanduíche.

Melissa tinha me mostrado várias mensagens recebidas nas últimas semanas depois da matéria na *SuperTeens*. Tinha sido dela a ideia de colocar um e-mail visível nas minhas redes, para que as pessoas pudessem entrar em contato. Só que eu não esperava o tipo de contato que estávamos recebendo — acho que imaginei meia dúzia de propostas bizarras com cara de golpe, talvez uns três e-mails emocionados, mas nada como aquelas propostas concretas e reais, que faziam com que a sugestão de Bernardo fosse tentadora. Nos últimos dias, minha própria família parecia estar tentando me convencer de que continuar a produzir conteúdo seria uma boa possibilidade, ao menos a médio prazo.

— Eu nem tenho atualizado minhas redes — falei, em tom de protesto.

— Ah, mas você está no meio da correria do Enem! Depois tem a prova da Uerj, mas daí você pode se dedicar exclusivamente a isso — rebateu.

Bernardo mordeu o salgado e ficou em silêncio enquanto mastigava.

Já era quinta-feira. Domingo teríamos a última prova, recheada das disciplinas que eram o meu terror. Tinha passado a semana ouvindo as pessoas cochicharem entre si sobre as questões que haviam errado ou acertado de acordo com o gabarito, especularem sobre a redação ideal ou se preocuparem o tempo todo com suas notas. Não tinha olhado o gabarito por vontade própria, mas os professores vinham revisando as questões ao longo da semana e nós estávamos refazendo várias dos outros anos como preparação para o domingo.

Aquela pressão toda iria me enlouquecer.

— Acho que sim — respondi, porque não queria criar expectativas.

Primeiro, tinha que terminar as provas. Depois, pensaria no resto.

— Bê, posso sentar aqui? — pediu a irmã de Bernardo, acompanhada das amigas.

Bernardo revirou os olhos.

— Ela só está pedindo porque quer muito ser sua amiga — disse ele, e a irmã imediatamente respondeu com um pescotapa.

— Não escuta meu irmão, ele é um idiota.

Eu dei uma risada.

— Acho que você só não conhece a Rachel, né? — disse Iasmin, e apontou para a terceira integrante do grupo, que eu sempre via de longe.

Rachel me cumprimentou, tímida. Seu sorriso refletia no olhar. Os cabelos caíam sobre os ombros e ela ajeitou a cadeira de rodas no espaço que Bernardo abriu para que se acomodasse. Cecília, que tinha pedido autógrafo junto com Iasmin quando a revista saiu, sentou-se ao lado dela.

Era estranho estar à mesa com outras pessoas depois de tanto tempo me sentando sozinha. As meninas logo engataram uma conversa e fizeram de tudo para me incluir. E falamos sobre assuntos diferentes, que passavam longe de Enem, internet ou temas afins. Mal ouvi o sinal tocar, rindo e conversando, me sentindo confortável no São João pela primeira vez em muito tempo.

Quando pintei o último quadrado do cartão de respostas, foi como se um peso saísse dos meus ombros. Aquela etapa estava concluída, independente do resultado.

Eu tinha dificuldade com matemática e ciências da natureza, mas me esforcei ao máximo. Até saí um pouco mais tarde do que o normal e respirei aliviada quando pisei do lado de fora do local de prova.

Meus pais estavam me esperando, apoiados no carro. Minha irmã veio saltitando e me deu um abraço. Eu não esperava aquela animação toda só por ter feito o Enem, mas abracei Melissa com força. Ela passou o braço pela minha cintura e caminhou comigo até onde estavam nossos pais.

Meu pai foi o primeiro a me abraçar. Aquilo me pegou de surpresa. Ele não era chegado a afetos, era homem de poucas palavras. Eu já tinha me acostumado à sua distância — ele se preocupava tanto em sustentar a família que quase não sobrava tempo para *cuidar* da família.

— Estou orgulhoso — disse ele no meu ouvido.

Eu não me lembrava da última vez que meu pai tinha dito aquilo.

— Eu não fiz nada — respondi, porque realmente não tinha feito nada demais. Apenas concluído a prova decisiva da minha vida, e provavelmente nem tinha ido bem.

— Chegar até aqui é o suficiente — intrometeu-se minha mãe, invadindo nosso abraço.

— Ah, eu também quero! — resmungou Melissa, pulando em nós três.

Eu poderia morar naquele abraço. Minha família sempre manteve os braços abertos para mim, mas, em meio ao medo de ser julgada e à dor do que eu tinha vivido recentemente, não conseguia abrir meu coração para eles — em especial, para minha mãe e minha irmã. Elas acreditaram em mim sem esforço algum, acolheram minhas dores e fizeram de tudo para que eu não precisasse continuar olhando para a cara do Leandro todos os dias. Sem a força e a raiva delas, nada daquilo seria possível.

— Aonde nós vamos? — perguntou papai, sacudindo as chaves do carro.

— Vou só ligar pra mãe da Nina pra perguntar se ela já terminou a prova, porque elas iam encontrar a gente — falei, rasgando a sacolinha em que tinham me obrigado a guardar o celular durante a prova.

Patrícia atendeu no terceiro toque. E quando escutei sua voz, soube que havia algo errado. O fundo da ligação tinha muitos ruídos e uma aflição pairava no ar.

Quando ela me contou o que tinha acontecido, desliguei e disse para meu pai, o único da família que seria capaz de dirigir rápido e sem fazer perguntas:

— A gente vai pro hospital.

31

Não havia muito o que fazer na sala de espera da emergência. Os médicos não deixavam Patrícia entrar para ver a filha, que já tinha dezoito anos, então teoricamente não precisava da companhia de um responsável. Nós nos demos conta, tarde demais, de que aquilo de que Nina mais precisava nos últimos meses era de um responsável.

Ela tinha desmaiado no meio da prova. A fiscal, assustada, trouxe uma água e perguntou se Nina queria continuar fazendo o exame. Ela assentiu. Não demorou muito para que Nina desmaiasse de novo e a responsável pela sala chamasse ajuda. Quando acordou, cercada por bombeiros, Nina ficou desesperada tentando voltar para a sala, mas já estavam levando minha amiga para um hospital público próximo — aonde fomos encontrá-la.

— Meu Deus, será que ela perdeu a prova toda? — se perguntou Patrícia.

Eu revirei os olhos, me lembrando de como ela sempre priorizava as coisas erradas, e minha mãe logo tratou de lembrar o que realmente importava:

— Ela pode refazer o Enem ano que vem. E a prova da Uerj

está chegando. O que a gente tem que saber mesmo é como ela está e por que desmaiou.

— Eu sei disso, Marta, eu sei. Mas é que ela estudou tanto pra isso, se dedicou tanto, daí acontecer uma coisa dessas logo no dia mais importante! E nem querem me deixar entrar...

Patrícia parecia perdida, sem saber como lidar com uma situação que fugia tanto do seu controle. Uma mãe reconhecia a dor da outra. Minha mãe pegou a mão de Patrícia e apertou com força.

— Ela vai ficar bem.

— Eu falei pra ela comer, mas ela disse que estava muito nervosa pra tomar café e almoçar — disse ela. — A Nina é assim, fica sem apetite à toa. Eu coloquei até um lanche na bolsa dela...

A voz de Patrícia tinha ganhado uma dose de tristeza. E meu peito se apertou, porque eu me lembrei de todas as vezes que Nina tinha recusado comida nos últimos meses, sempre com a desculpa perfeita na ponta da língua. Como era difícil que ela comesse qualquer coisa, como ela tinha emagrecido tanto a ponto de ser possível contar as costelas...

— Acompanhante de Carina Dias Souto? — chamou uma enfermeira, saindo da porta de emergência.

Eu e a mãe dela nos levantamos ao mesmo tempo. Minha mãe me segurou e Patrícia entrou, nos deixando na expectativa.

— Vamos lá pra fora — disse minha mãe, me puxando pela mão.

Minha irmã e meu pai estavam no quiosque em frente à emergência, comendo um salgado e tomando um refresco, uma refeição bem diferente do que tínhamos planejado para comemorar aquele dia.

Eu achava que, depois do Enem, o pior já tinha passado, mas, se minha melhor amiga não estava bem, como isso poderia ser verdade?

— Como será que ela está? — perguntei para minha mãe.

Mais uma vez, foi meu pai que me confortou:

— Ela está sendo cuidada, Mari, é o que importa.

Minha mãe me acariciou a cabeça enquanto eu pensava em todo o cuidado que poderia ter dado à minha amiga antes que aquilo acontecesse. Eu tinha percebido que algo de ruim estava em curso, mas não insisti, nem prestei atenção o suficiente para ajudar.

Minha irmã me lançou um olhar.

— Eu sei que você está preocupada, mas pode ter sido uma crise de ansiedade ou estafa. Não tem como saber o que aconteceu até que a gente tenha notícia dos médicos.

Demorou até que a notícia viesse. Nina seria transferida para um hospital particular, não muito longe da nossa casa, onde seria avaliada com mais calma. Os médicos se assustaram com seu exame de sangue cheio de taxas alteradas, indicando anemia profunda.

Meu pai nos levou para casa em clima de enterro. Fui embora sem conseguir ver ou falar com minha amiga, sentindo um nó apertado no peito.

Meu celular piscou com uma notificação de Arthur.

como foi a prova?

Difícil, mas acho que fui ok

Obg por ter me ajudado tanto a estudar, lembrei da sua voz cantando as fórmulas

Haha

sabia que vc ia arrasar

Não arrasei, mas tô arrasada

cansada?

Antes fosse só isso

A Nina tá no hospital

Ela desmaiou durante a prova

como assim?? ela tá bem?

O telefone tocou logo em seguida. Antes mesmo de dizer "alô", já fui respondendo à pergunta de Arthur:

— Parece que ela tá com uma anemia braba, vai ser transferida de hospital, mas nem dava pra gente ficar lá.

— Nossa, sinto muito, Mari! Se precisar de carona pra ir no hospital ou qualquer coisa assim, eu pego o carro da minha mãe e te levo.

— Aí seriam mais duas pessoas no hospital — brinquei.

Arthur deu uma risada suave. Eu quase podia vê-lo na minha frente.

— Eu não dirijo tão mal assim!

Arthur me fazia bem, melhor do que qualquer palavra era capaz de expressar. Desde que tinha recebido a notícia sobre a internação da Nina, meu coração estava inquieto, mas ouvir a voz de Arthur estava me acalmando. Eu ainda não sabia o que nós dois éramos, mas também não tinha pressa em descobrir. Estávamos seguindo nosso ritmo, nosso próprio tempo, e isso era o que importava.

— O que você precisa que eu faça?

— Eu não preciso de nada além do que você já está fazendo — respondi. — Obrigada por estar sempre pronto pra me ouvir, me fazer companhia, e entender meu tempo e meu ritmo.

— Não fiz nada demais.

— Acho que às vezes tentamos fazer tantas coisas grandiosas e esquecemos que o que realmente importa é o que fazemos *entre* os gestos grandiosos. Você sempre dá um jeito de estar do meu lado, mesmo quando não pode estar fisicamente. Eu sei que daqui a pouco começa seu expediente na Lore, mas tá aqui me escutando falar sobre a minha amiga e se oferecendo pra ajudar. A sua companhia é a coisa mais linda que você tem a oferecer.

— Poxa, achei que fosse a minha covinha!

— O páreo é duro.

Ficamos em silêncio. Isso às vezes acontecia — um de cada lado da linha, apenas respirando. Existindo. Eu amava ouvir o ritmo da respiração dele, sentir que ele estava presente mesmo quando não estávamos no mesmo lugar.

O silêncio confortável é muito raro. Sempre tive dificuldade em lidar com pausas, interlúdios. Passava tempo demais tentando preencher meus silêncios com ecos que não faziam sentido, sem perceber que havia poesia no vazio. Que, às vezes, ficar lado a lado sem emitir uma palavra era mais difícil e importante do que frases soltas e desconfortáveis que só mostram a inabilidade de lidar com o outro, com o espaço que aquela pessoa precisava.

— Estou aqui, tá? — disse ele, depois de um tempo.

— Eu sei. E é por isso que eu gosto de você — respondi.

— Eu também gosto muito de você. Muito mesmo.

— Muito muito?

— Além da conta.

— Além da conta é coisa demais — brinquei.

— Eu sei.

Nina era meu refúgio. Assim que encerrei a chamada, era para minha amiga que eu queria ligar e dissecar palavra por palavra o que Arthur tinha me dito. Queria conferir o gabarito ao lado dela, a única pessoa capaz de me fazer vencer o medo de encarar meus erros e acertos. Queria saber como ela tinha se saído — com aquele cérebro, devia ter acertado todas as questões que conseguiu responder — e ouvir seus planos para o futuro. Mas isso não era possível.

Fui visitá-la no hospital no dia seguinte. Tomei um susto quando cheguei e não vi minha amiga acordada. Havia soro e medicação no seu braço, uma cânula de oxigênio ajudando-a a respirar, e ela dormia profundamente. Nós tínhamos nos visto na semana anterior, mas ela parecia outra pessoa ali, tão pequena e mirrada naquela cama.

Como eu não tinha notado a minha amiga desaparecendo aos poucos, preenchendo cada vez menos espaço no mundo?

Eu me sentei na poltrona ao lado e segurei a mão dela com cuidado. A mão era ossuda e frágil, com todas aquelas agulhas enfiadas. Devia estar doendo. Nina odiava tomar agulhada — quando a gente era mais nova, até inventava desculpas para não tomar injeção ou tirar sangue.

Patrícia tinha aproveitado minha visita para descer e almoçar. Ficamos só nós duas. Peguei o celular e coloquei "Depois da tempestade" para tocar. Era a música à qual nos agarramos nos últimos meses como um bote salva-vidas, da nossa banda favorita. Nós tínhamos dividido muitas coisas ao longo de tantos anos de amizade: dores, sonhos, expectativas realizadas e frustradas. A voz do Deco só podia ser ouvida por nós duas naquele volume.

— *Quando isso vai passar, não sei, mas a tempestade vai acabar...* — cantei baixinho.

Então Nina se mexeu. Senti sua mão contra a minha, ela fazendo um esforço para apertá-la. Minha amiga abriu os olhos e disse:

— Você não se cansa de destruir as nossas músicas favoritas?

E, simples assim, ela estava de volta.

56.741 visualizações
1.457 comentários

5.439

Todos os dias eu acordo me perguntando se estou tomando as decisões certas. Não sei como alguém espera que eu acerte alguma coisa a essa altura da vida, mas pelo menos estou tentando. Agora finalmente o Enem passou! Ainda tem a prova da Uerj, mas acho que estou mais calma pra essa, porque pela primeira vez eu tenho uma ideia do que quero fazer da vida!

Sempre admirei aquelas crianças que desde cedo já sabiam responder o que queriam ser quando crescer. Ainda mais aquelas que nunca mudaram de ideia! Eu sempre achei essa pergunta existencial demais. Além disso, crescer parecia tão distante, mas agora está logo ali...

Mas a gente tem tempo. Percebi que talvez eu não entre pra faculdade logo depois da escola, mas posso continuar tentando. Tem muitas possibilidades por aí e tá tudo bem mudar de ideia. Ninguém quer ficar mudando de ideia o tempo inteiro, mas faz parte. Eu posso recalcular a rota, eu posso contar com as pessoas que eu amo. E com vocês também.

Comentários

gihtempestade: como eu tava com saudade de ouvir vc viajando nas ideias sobre a vida! bem-vinda de volta, por favor, não pare mais de produzir conteúdo (mas se quiser pode etc.)

marinando respondeu: Vc tá aqui desde o dia 1. Obrigada ♥

rtlopes: Eu gosto tanto da forma como você vê o mundo, Mari! Estava com sdds, obrigada por ter voltado a fazer vídeos. Já tô esperando o próximo.

32

— Estou começando a me perguntar se a internet precisa *mesmo* da minha irmã aprendendo a cozinhar — disse Melissa, quando deixei um ovo escorregar e sujei o chão.

— Ela é "marinando" em todas as redes e até agora não fez *um* conteúdo em que estivesse de fato marinando alguma coisa — justificou Arthur.

— Marinar é um conceito, ok? Não tem necessariamente a ver com cozinha — respondi.

Os dois já estavam desesperançosos. Por sugestão da minha irmã, alugamos um apartamento com a cozinha perfeita para uma diária de gravações. A ideia era fazermos receitas rápidas — eu teoricamente tinha aprendido a marinar frango no primeiro vídeo — e postar nas minhas redes, para fazer uma brincadeira com todas as pessoas que chegavam lá por engano.

Nina estava melhor. Ela tinha recebido alta no dia anterior, depois de mais de uma semana internada. Daria tempo de fazer a prova da Uerj, na semana seguinte, mas não havia pressa. Ela tinha entendido isso melhor do que ninguém.

Pelo gabarito, eu tinha sido mediana no Enem, como previsto. Era só esperar o resultado oficial e descobrir o que era possível fazer com aquilo. Para o vestibular estadual, eu estava um pouco mais tranquila, pois faria apenas por precaução, já que a universidade não tinha minha principal opção de curso.

Então, enquanto o ano letivo não terminava e os resultados do Enem não saíam, comecei a me dedicar ao canal com a ajuda da minha irmã e do Arthur, que a cada dia se mostrava mais multitalentoso. Melissa havia feito um cronograma de publicações, com ideias de vídeos e outros conteúdos, e Arthur a ajudava com tudo, luz, som e imagem.

Eu nunca tinha imaginado que minha irmã fosse tão boa em negociar com empresas. Ela tinha respondido e-mails das marcas e conseguido respostas rápidas, feito propostas e contrapropostas. Havia não só negociado minha participação nas peças publicitárias da Maria Moranga, como tinha conseguido convencê-los a fazer dois modelos de camisetas em parceria comigo, além de publicidade no meu perfil.

— Meu Deus, não acredito! — gritou Melissa, olhando para o celular.

Eu e Arthur nos viramos para ela, querendo saber o que era tão inacreditável assim.

— O cara da Travel Experience me respondeu!

Melissa vinha conversando com a agência de intercâmbio nos últimos dias, trocando sugestões de viagens e conteúdo que eu poderia produzir.

— Eles deram a sugestão de quinze dias no Chile, fazendo um curso de espanhol e dando uma de turista no meio-tempo — explicou.

Eu dei um gritinho animado. Se no início do ano alguém me dissesse que sairia do país com tudo pago, eu daria uma gargalhada. Uma viagem internacional sequer estava nos meus planos. Mais ridícula ainda seria a ideia de que terminaria o ano trabalhando com minha irmã, ainda mais como *influenciadora*. E agora estávamos juntas, numa parceria que se estreitava cada dia mais.

A própria Melissa já fazia novos planos de trabalho, planos que só tinham sido possíveis por causa dos vídeos que eu fazia. Desde que o Enem acabara, eu vinha postando conteúdo com frequência, em vários formatos. A cada dia que passava, mais ansiosa eu ficava para terminar a escola. Só que, se antes era para sumir daquele lugar e poder reescrever minha história do zero, agora era por saber que eu tinha um futuro me esperando.

— Eu topo! — gritei, animada.

— Não, menina, espera. Vamos aos pouquinhos, não precisa de pressa. A gente vai fazer a melhor opção não só pra você, mas também para as pessoas que te acompanham.

— Um passo de cada vez — lembrou Arthur, me abraçando. — Tudo tem seu tempo, ainda tem muita coisa pra você conquistar.

Com o sentimento de que tudo ia se encaixar, voltamos às gravações do meu bife à milanesa — que acabou virando um bife a cavalo, para facilitar minha vida e cumprir o cronograma. Ao fim da tarde, tínhamos quatro vídeos de receita, o que correspondia ao conteúdo de culinária para o próximo mês.

Ao lado dos dois, eu me sentia pronta para conquistar o mundo.

— Me deixa na casa da Nina? — pedi para Melissa, assim que ela deixou Arthur para seu expediente na Lore.

— Desde que você diga a ela que estou mandando um abraço — disse minha irmã, ligando a seta para pegar o caminho até a casa da minha amiga.

— Com certeza. Obrigada pela ajuda hoje, aliás. Você tem sido incrível.

— Tá brincando? Eu que tenho que agradecer. Acho que estava um pouco desanimada com a faculdade, com o estágio. O Mateus até disse que eu pareço mais feliz, e estou mesmo. Trabalhar com você está me dando outras ideias do que posso fazer com minha formação, sabe? Parece que o jornalismo muda todos os dias e eu acabo com medo de não ser capaz de acompanhar as mudanças. Queria ser boa em algo que as pessoas levam a sério, tipo medicina ou engenharia. Parece que a minha profissão não faz muita diferença, mas junto com você eu vi que dá para fazer coisas diferentes daquelas que me ensinaram que era jornalismo. E eu até fiquei mais animada. Sabia que eu comecei a esboçar meu pré-projeto de monografia da graduação e pretendo falar sobre influência digital?

— Uau — foi tudo que consegui dizer, porque percebi que não prestava atenção suficiente na minha irmã.

Melissa me parecia tão resolvida com a própria vida profissional, tão apaixonada pelas escolhas que tinha feito, que nunca tinha me passado pela cabeça que pudesse ter dúvidas no meio do caminho. Eu nem fazia ideia do tema que Melissa tinha escolhido para o projeto de monografia.

Sabia muito pouco da minha família, e às vezes me perguntava por que eles sabiam tão pouco sobre mim, mas, quanto mais eu dava abertura para que estivessem junto comigo, mais a gente se completava.

Eu tinha sorte de ter crescido numa família compreensiva e acolhedora. Eu sabia que, independente do que acontecesse, eles estariam comigo, cada um do seu jeito. Quando minha mãe e Melissa descobriram sobre o Leandro, o fardo se tornou mais leve. O que tinha acontecido continuaria doendo por muito tempo, talvez pela vida inteira, mas eu não estava só. Havia gente disposta a lutar por mim e, por mais que o desenrolar não tivesse sido exatamente como eu esperava, ainda era melhor do que antes, quando eu sentia que não havia solução alguma para meus problemas.

Melissa estacionou em frente ao prédio da Nina. Na última vez que eu havia visto minha amiga pessoalmente, ela ainda estava frágil e hospitalizada. O que eu mais queria era abraçá-la.

— Obrigada por tudo, você é a melhor irmã do mundo.

— Eu sempre soube.

Só que eu tinha outra irmã. Uma irmã que eu tinha escolhido ainda muito criança, que não era filha dos meus pais, mas que tinha percorrido os caminhos mais sombrios e os mais iluminados ao meu lado. E ela precisava de mim mais do que qualquer outra pessoa.

Quem abriu a porta do apartamento foi a mãe dela, o que me surpreendeu.

— Eu tirei licença para cuidar dela por um tempo — ela disse, antes mesmo que eu perguntasse.

A mãe de Nina sempre passava tempo demais ocupada com o trabalho, assim como meu pai. Acho que ela tinha passado tanto tempo pensando nas conquistas acadêmicas que acabou se esquecendo do que a filha realmente precisava.

Quanto mais eu observava as pessoas, mais reparava o quanto era difícil perguntar o que o outro precisava. Prestar atenção era difícil porque significava enxergar os pequenos detalhes que as pessoas passavam tempo demais tentando esconder, muitas vezes apenas para não incomodar. Só que o amor não incomodava. Eu nunca me incomodaria em escutar o que a Nina precisava dizer, como ela se sentia, e era importante que as pessoas soubessem que estávamos dispostos a escutar.

Nina estava deitada na cama, vendo desenho animado. Ela parecia mais corada e, antes de entrarmos, Patrícia me disse que ela tinha conseguido engordar um quilo desde a internação. O que parecia pouco para mim era uma vitória e tanto para minha melhor amiga.

— Veio me visitar e nem trouxe uma das comidas que você fez?

— Eu queria te manter a salvo de uma infecção alimentar — brinquei.

— Se vocês não colocaram fogo no apartamento que alugaram, já é lucro.

— Não cheguei a tanto, mas derrubei um ovo no chão.

— Ainda bem que agora você tem um contrarregra — disse ela, referindo-se a Arthur.

— Essa palavra é nova no seu vocabulário. Arrumou uma crush que gosta de cinema?

Nina deu uma gargalhada.

— Como adivinhou?

— Te conheço muito bem.

Ela me contou sobre uma menina com quem estava trocando mensagens, que dessa vez morava a menos quilômetros de distância — ao menos, estavam no mesmo estado — e já tinha feito tratamento para transtornos alimentares no passado.

— É bom demais te ver falar sobre alguém que não fique a uma viagem interestadual de distância.

— É difícil demais gostar de mulher!

Nina abriu espaço para que eu me sentasse ao lado dela na cama, mas como eu era folgada, deitei e fiquei assistindo desenho com ela.

Um longo tempo se passou sem que nenhuma de nós dissesse nada. Até que Nina falou:

— Obrigada por não desistir de mim.

— Você é minha família, Nina. Eu nunca vou desistir de você.

33

Nina não desmaiou durante o vestibular da Uerj. Na verdade, tudo indicava que ela tinha se saído muito bem e era só esperar o resultado oficial. Eu, por outro lado, sabia que não tinha ido bem naquela prova, mas isso já não me perturbava.

O clima no São João foi ficando menos pesado — todo mundo já tinha se livrado das principais obrigações e não tinha muito a fazer além de esperar pelo resultado do Enem ou dos vestibulares, que só sairiam durante as férias. As turmas começaram a entrar em clima de formatura com dias temáticos, que envolviam desde fantasias a cuidar de um tijolo.

Quando as aulas terminaram, eu quase senti saudades do São João — não fosse por todo o resto. Mesmo que Leandro não estivesse mais lá, ainda cruzava todos os dias com Heloísa e Carlos Eduardo. Mas naquela noite eu deixaria tudo para trás: era a minha formatura. Por mais que eu tivesse relutado muito em participar da cerimônia, finalmente entendia que aquele momento era como um ponto final necessário para o ciclo escolar.

Compartilhei esse pensamento com Nina enquanto fazíamos as unhas no salão na esquina da minha casa.

— Não acho que seja um ponto final — disse ela. — Eu chamaria de ponto e vírgula. Não dá pra apagar uma parte da nossa história, mas dá para viver depois dela. Dá para se reconstruir, ser algo além daquilo que a gente viveu. E acho que você é capaz de fazer isso mais do que ninguém.

— Eu compraria um livro de autoajuda escrito por você.

— O título seria *Como se autodestruir em dez dias*?

Fiz uma careta.

— Seria *Pérolas de sabedoria de Nina Souto.*

— Coitada da sabedoria — respondeu, rindo.

Desbloqueei meu celular e pedi:

— Sorri pra foto!

Nina abriu um sorriso de orelha a orelha, radiante, e eu escrevi por cima da imagem: "Um dia bom". Minha irmã provavelmente não consideraria isso criação de conteúdo, mas o único conteúdo que eu queria ver naquele dia era o rosto das pessoas que me faziam feliz.

Uma atendente do salão de beleza trouxe suco de laranja numa taça de vidro. Nina, que em outros tempos teria rejeitado, aceitou a bebida de bom grado e bebeu com gosto. Ela deixou o líquido na boca por uns segundos antes de engolir, depois passou a língua nos lábios devagar, como se fosse uma maneira de aproveitar o azedo da fruta por mais tempo.

Era uma cena singela, mas também grandiosa. E encheu meu coração de amor.

O vestido que escolhi para usar na formatura me abraçava. Era rosa e azul, leve e fresco, e transmitia a mesma alegria que eu sentia. Era uma das peças da última coleção da Maria Moranga, a marca de roupas com que minha irmã tinha fechado uma parceria para mim. O vestido ainda não tinha chegado às lojas, mas aquele era um momento especial demais para que a marca não quisesse participar.

— Aí, tá ótimo! — exclamou Melissa, quando finalmente achou a luz e o ângulo perfeitos.

Estávamos no teatro do São João, lugar em que aconteciam as cerimônias de formatura e outras solenidades da escola centenária.

A gente demorou um pouco na foto, porque minha irmã sempre achava que podíamos fazer uma imagem melhor do que a anterior. A organização tentava nos apressar, mas minha irmã estava determinada a ter o melhor clique.

Quando Melissa finalmente se deu por satisfeita, minha mãe veio até mim e passou a mão pelos meus cabelos, ajeitando-os pela última vez enquanto eu ainda era oficialmente uma aluna do ensino médio.

— Eu tenho muito orgulho de você.

Prendi a respiração. Não queria deixar que as lágrimas rolassem e estragassem a maquiagem; minha mãe também não queria me abraçar e amarrotar o vestido. Meu pai, em seu silêncio habitual, deu um beijo no topo da minha cabeça.

Eu estava começando a me acostumar com as diferentes formas que a minha família tinha de demonstrar afeto e preocupação, a entender como cada um deles se expressava.

Então Arthur veio até mim. Tinha pedido folga no trabalho apenas para não faltar na minha formatura e ir comer pizza com a gente depois da celebração. O rapaz que tinha tornado meus dias mais leves, sempre respeitando meu espaço.

— Você ficou linda com esse vestido.

— Fiquei? Eu já não era? — brinquei.

Meu coração se apertou um pouco. O que nós tínhamos era muito bom, mas eu queria muito mais. Já havia espaço em meu coração para uma nova história, uma que vínhamos lapidando pouco a pouco, sempre com gentileza.

— Você sempre é linda — disse com tanta firmeza que qualquer resquício de insegurança que eu ainda sentia evaporou no mesmo instante.

Ele ia dizer mais alguma coisa, só que chamaram os formandos mais uma vez. Para não estragar o cabelo e a maquiagem, acenei e acompanhei minha turma.

Subir naquele tablado foi diferente do que eu tinha imaginado. Eu sempre pensei que haveria emoções muito intensas, para o bem ou para o mal, mas o que senti ali foi calmaria. O pior da minha tempestade tinha passado. Quando chamaram meu nome para buscar o certificado, minha família explodiu em gritos e aplausos.

Reconheci o assobio da minha mãe e, quando perceberam que eu estava olhando, ela e minha irmã abriram um cartaz que dizia: "Nós temos orgulho de você".

Depois dessa cena, as lágrimas embaçaram minha visão. Meu choro era como uma libertação, o alívio de deixar aquela parte da minha vida para trás e a alegria por ter sobrevivido. Apesar das minhas cicatrizes, eu estava bem.

A oradora, uma menina de outra turma do terceiro ano, foi até o palanque e começou seu discurso.

— Tentam nos convencer de que esse é o primeiro dia do resto da nossa vida, como se aquilo que vivemos até aqui tivesse sido apenas um ensaio. Nós não estávamos apenas ensaiando. Chegamos aqui de uma forma, saímos de outra. Os últimos três anos nos moldaram para a vida, não apenas nos prepararam para o vestibular. Vamos levar daqui muitas histórias, aprendizados e cicatrizes. Hoje comemoramos a continuidade de quem nós somos, e é um orgulho ser quem eu sou ao lado de cada um de vocês.

O auditório explodiu em palmas e eu senti que aquelas palavras me abraçavam.

Minha família me esperava na saída dos formandos. Arthur estava um pouco mais atrás, segurando a cartolina enrolada. Minha mãe pulou em meus braços, sem preocupação de amassar minha roupa ou desfazer meu penteado.

Quando ela soltou o abraço, eu vi Arthur abrir a cartolina. Não era a mesma cartolina que a minha mãe tinha erguido. Sem abrir a boca para dizer uma palavra, ele deixou que a mensagem flutuasse entre nós.

Quer namorar comigo?

O cartaz era brega, fofo e romântico ao mesmo tempo. Em outras circunstâncias, eu talvez achasse aquilo ridículo, mas havia algo bonito no momento que ele tinha escolhido. Arthur fez aquele gesto pensando em nós dois, só que o gesto também se transformou em algo coletivo. Era uma forma de dizer que tinha prestado atenção no que eu havia dito a ele ao longo dos últimos meses, e também que queria que todo mundo soubesse o que sentíamos.

Eu estava pronta para mais aquele passo — e orgulhosa de todos os outros que tinham me levado até ali.

AGRADECIMENTOS

Não foi fácil voltar a essa história, mas muitas pessoas me ajudaram no processo e me fizeram acreditar que era possível. Em primeiro lugar, quero agradecer ao meu pai, Marco. Ele faleceu de covid-19 enquanto eu revisava este livro, mas todas as versões que essa história teve foram incentivadas por ele. Meu pai me formou como leitora e escritora e sempre me apoiou. Nenhum dos meus livros existiria sem ele. Também quero agradecer à minha mãe, Lucimar, que mesmo sem enxergar pedia que meu pai lesse meus livros em voz alta, e sempre entende a minha timidez em ler para ela o que eu escrevo. Obrigada por ser uma mãe presente, amorosa, e por apoiar tudo o que faço. Essa história não terá um narrador tão bom quanto o meu pai, mas pode pedir à Alexa para ler que eu me tranco no quarto. Assim não escuto minhas próprias palavras ecoando por aí.

Se eu tive forças para concluir essa história, devo isso à minha família, aos meus amigos e à editora. Todos souberam respeitar o meu tempo nesse período turbulento. Escrever um livro já é uma tarefa difícil — enfrentando três lutos e uma pandemia no caminho fica ainda mais complicado.

Obrigada aos meus amigos que ouviram as reclamações sobre o processo de reescrever este livro e me apoiaram: Bárbara Morais, Babi Dewet, Dayse Dantas, Diana Passy, Dryelle, Fernanda Nia, Gih Alves, Jim Anotsu, Laura Pohl, Lavínia Rocha, Lorrane Fortunato, Lucas Rocha, Mareska Cruz, Mary C. Müller, Mayra Sigwalt, Rebeca Kim, Solaine Chioro, Vitor Martins e Vitor Castrillo. Direta ou indiretamente vocês me incentivaram a não desistir, deram ânimo e palavras de apoio.

Taissa Reis merece um parágrafo especial. Obrigada por aquela Bienal de 2014, quando a gente não tinha ideia do que estava fazendo, mas resolvemos trabalhar lado a lado. Essa parceria deu muito certo, você sempre acreditou nos meus livros e me deu o espaço e o apoio necessários para que eles existissem. E obrigada pelo abrigo na reta final da reescrita!

Este livro tem muito da minha adolescência, mas daquela fase a única que merece um agradecimento sou eu mesma, por ter sobrevivido — e hoje fazer o que mais amo.

À equipe da Seguinte, obrigada pela paciência e por ajudarem a levar minha história ao mundo. Serei sempre grata pelo acolhimento que recebi quando estive doente e, em seguida, quando perdi meu pai. Vocês compreenderam meu tempo e isso foi essencial para que o livro existisse.

Deus me deu forças para terminar essa história. E, em muitos momentos, essa força se manifestava por meio de cada um dos meus leitores. As mensagens, as histórias compartilhadas, o cuidado e o amor por minha escrita foram o fôlego para continuar quando eu já achava que não iria conseguir.

A cada um que se envolveu com a minha escrita ao longo dos anos, leu minhas histórias ou só me fez companhia nos eventos da vida, obrigada. Vocês também fazem parte disso.

ENTREVISTA COM A AUTORA

1. ***Um passo de cada vez*** **surgiu da reescrita de Confissões On--line, duologia lançada há uma década. O que você acha que a Iris de dez anos atrás diria sobre este novo livro? E o que foi mais desafiador no processo de revisitar essa narrativa?**

Quando comecei a reescrever essa história, não imaginava que fosse mudar tanto. A minha ideia era mexer numa coisinha ou outra, mas aos poucos fui entendendo o que a Mariana — e eu mesma! — precisava. Essa reescrita foi muito afetada pela pandemia. Assinei o contrato do livro mais ou menos na mesma época em que entramos em quarentena. Lembro até que o meu pai tirou a minha foto para anunciar que o livro seria relançado, mas ninguém conseguiu sair desse período do mesmo jeito que entrou. Acho que por isso o livro mudou tanto, apesar de manter a essência original. Para mim, o mais desafiador foi encontrar forças para reescrever essa história enquanto enfrentava o luto por ter perdido o meu pai para a covid-19, mas tenho certeza de que ele ficaria feliz com essa versão (e me diria que hoje escrevo um pouco melhor do que aos dezenove anos!).

2. Durante a escrita (e a reescrita), muitas vezes é preciso desapegar de frases, cenas ou características dos personagens, para

que a narrativa possa seguir o melhor caminho. Em algum momento foi complicado deixar a primeira versão do livro para trás?

Foi difícil, mas não por apego. Meu grande medo era que as pessoas fossem resistentes às mudanças, então no início eu tentei ser o mais fiel possível, só que não estava funcionando. Daí travei, morrendo de medo de que os leitores não gostassem de algo diferente, novo. Até que me dei conta: se eu estivesse feliz com o que estava fazendo, meus leitores também ficariam. Só quando entendi isso consegui terminar o livro.

3. Desde a primeira página, sabemos que a Mari é muito fã da banda Tempest, que se torna um refúgio para ela. Do que você é fã? A música ou alguma outra forma de arte também serve como um refúgio para você?

A literatura é a minha principal válvula de escape. Sou escritora porque sou uma leitora apaixonada. Devoro livros, gosto de descobrir obras que meus amigos não conhecem, me arriscar em histórias fora da minha zona de conforto. Sempre me refugiei nos livros. Fora isso, eu amo música. Desde a minha adolescência sou muito fã da Taylor Swift, acho que ela me acompanhou em todas as fases da vida. Ela me traduz em canções. Levei muito desse sentimento, de ser compreendida pelas músicas dela, para a Mariana e o Tempest.

4. Aliás, outra grande fã da banda é a Nina, que tem uma belíssima amizade com a Mari — impossível não se apaixonar por essas duas! Você se inspirou em alguma amiga na hora de criar essas ou outras personagens da história?

Quando escrevi este livro pela primeira vez, estava construindo novas amizades, porque tive uma experiência de fim de ensino médio parecida com a da Mari. Criei a Nina pensando nas amizades que gostaria de ter. Acho que isso acabou atraindo amizades incríveis para a minha vida, porque nessa reescrita percebi que a Nina tem muito de várias amigas minhas — e, como a Mari, sou muito sortuda em tê-las por perto. Eu amo escrever sobre amizades, são sempre a minha parte favorita na criação de personagens.

5. Ao longo da leitura, nos deparamos com alguns trechos de músicas do Tempest. Você já havia escrito letras de canções antes? Será que um dia veremos uma Iris Figueiredo compositora por aí?

Acho praticamente impossível! Mas eu sempre gostei de improvisar letras engraçadas em cima de músicas que já existem. Às vezes, em casa, só me comunico com a minha mãe cantando, inventando na hora. A gente morre de rir, mas não diria que é um talento (está mais para um pesadelo!).

6. Mari tem uma relação ambígua com as redes sociais: é ali que ela consegue compartilhar o que gosta, mas também fica assustada quando a internet começa a impactar sua vida "real". Você é uma autora com forte presença on-line. Como é a sua relação com as redes sociais?

Eu amo a internet e, se não fosse isso, hoje talvez não estivesse publicando as minhas histórias. Eu achava que até podia escrever, mas que publicar não era para pessoas como eu. Na minha cabeça, o escritor era uma entidade, alguém muito distante de mim. Eu nasci para escrever, mas a internet me ajudou a perceber que eu podia viver da escrita também, e sempre serei grata por isso. Às vezes, porém, me sinto sufocada. Gosto de compartilhar um pouco do meu dia a dia, daquilo que gosto, mas não quero que isso seja o principal sobre mim, porque sou escritora, e é nas palavras escritas com tempo e tranquilidade que me expresso melhor. É difícil encontrar o equilíbrio, por isso acho que levei um pouco das minhas questões com a internet para a própria Mariana. Aprendi muito com ela.

7. O livro trata de temas sérios e urgentes como assédio sexual, bullying e transtorno alimentar, sempre com muita delicadeza e sensibilidade. Quais devem ser as preocupações dos

autores ao abordar assuntos como esses, especialmente em um romance para o público jovem? Que outras histórias sobre esses temas você recomendaria?

Em vários momentos da minha adolescência, eu me senti incompreendida. Vi pessoas tratarem problemas sérios como bobagem, o que às vezes me deixava insegura em pedir ajuda quando precisava. Muitas vezes, quando alguém tinha receio de conversar comigo sobre alguma coisa, eu encontrava essa conversa nos livros. Então minha literatura acaba trazendo muito desses temas, porque as palavras foram abrigo quando eu mais precisei. Quero que meus leitores se sintam acolhidos também. Uma autora que me impactou muito no final da adolescência foi a Laurie Halse Anderson. Li *Fale!* e *Garotas de vidro* e os dois me influenciaram muito na primeira versão de *Um passo de cada vez*. Ela não tinha medo de dizer o que precisava ser dito sobre abuso sexual ou transtornos alimentares. Foi a primeira vez que encontrei isso nos livros.

8. Qual mensagem você gostaria de deixar para leitores e leitoras que estejam vivendo situações parecidas com as das personagens?

Você não está só. Ainda que não tenha muitas pessoas para te amparar, se agarre ao que você ama e lembre que tudo é passageiro. Eu me agarrei aos livros e à escrita, a Mariana usou a música e os vídeos como escape, mas não é só isso. Se a barra ficar pesada demais para segurar por conta própria, você pode e merece pedir ajuda profissional, como a Nina acaba entendendo. Ser forte não é carregar todo o peso do mundo, mas saber o quanto de peso você suporta.

9. Niterói e São Gonçalo, cidades da região metropolitana do Rio de Janeiro, são cenários frequentes nos seus livros. Por que escolheu ambientá-los nesses lugares?

Eu nasci e cresci em São Gonçalo, que é uma cidade-dormitório. É a segunda maior cidade do Rio de Janeiro, uma das maiores do Brasil, mas tem um dos menores índices de renda per capita e saneamento básico do estado. Quando eu era adolescente, só via a minha cidade no noticiário por coisas ruins. Achava que nada de bom podia acontecer aqui, que para que eu vivesse uma história digna de livro, teria que me mudar para outro lugar. Niterói é a cidade vizinha, onde meu pai trabalhou por muitos anos, então as opções de lazer sempre eram lá. Quando comecei a escrever com o desejo de publicar, queria ambientar as histórias em um cenário que fosse familiar para mim, mas no início achava que São Gonçalo não tinha nada de espetacular para um livro, então usei Niterói, que me trazia essas lembranças de ter praias, parques e até um shopping — algo que só surgiu na minha cidade quando eu já era adolescente. Hoje em dia eu consigo entender que uma boa história pode acontecer em qualquer cenário — e que os cenários influenciam demais as histórias. Eu não seria quem eu sou se não tivesse nascido e crescido em São Gonçalo, e tenho orgulho disso. Quero trazer para os meus livros lugares que se pareçam com aqueles em que vivi.

10. Seus leitores mais antigos com certeza perceberam que alguns nomes já conhecidos de *Céu sem estrelas* apareceram por aqui, e Mari é a irmã da protagonista do seu primeiro livro, *Dividindo Mel*. De onde surgiu a ideia de criar um universo compartilhado entre suas histórias? O que podemos esperar do *Irisverso* no futuro?

Não tenho planos de resgatar *Dividindo Mel*. Foi um livro que escrevi ainda aos dezessete anos, então mudei muito, mas a Melissa e sua melhor amiga aparecem em meu conto "Roda-gigante", que publiquei de forma independente. Também tenho outros dois contos, "Pisando em nuvens" e "A Revolta dos Salgados" (parte da antologia *De repente adolescente*), em que personagens de *Céu sem estrelas* reaparecem. Gosto de brincar com isso porque existe um ditado que diz que Niterói tem três pessoas: eu, você e alguém que a gente conhece, então seria estranho que ninguém se conhecesse! Mas não sei por quanto tempo vou continuar pelo *Irisverso*. Só sei que Nina e Iasmin ainda têm suas próprias histórias para contar.

ESTA OBRA FOI COMPOSTA POR OSMANE GARCIA FILHO EM BEMBO
E IMPRESSA PELA LIS GRÁFICA EM OFSETE SOBRE PAPEL PÓLEN SOFT
DA SUZANO S.A. PARA A EDITORA SCHWARCZ EM OUTUBRO DE 2022

A marca FSC® é a garantia de que a madeira utilizada na fabricação do papel deste livro provém de florestas que foram gerenciadas de maneira ambientalmente correta, socialmente justa e economicamente viável, além de outras fontes de origem controlada.